老いの道楽

曾野綾子

河出書房新社

老いの道楽＊目次

第一章

老いに動じない心身をつくる

——家事や料理を日常の道楽にし、心と身体を健やかに整える。

第二章

不安や苦しみを手放したいとき

——家の中の不用品を処分して、空いたスペースに少し贅沢品を置く。

第三章

家族の悩みと向き合うために

――夫や子供、孫への期待や幻想を捨て、
自分のことは自力でやれば楽になる。

第四章

過去の執着を乗り越えたいとき

——自分のことで悩むのは無駄な時間。
外に出て視野を広げ、考え方の癖を変える。

第五章

不幸や不運を財産に変える考え方

——世の中には幸福や善もあれば、不幸も悪もある。
その両方を見れば、思わぬ発見がある。

第六章

自己否定の感情から逃れたいとき

——植物の生き方に学びながら、負の感情を自分流のいい味に変化させる。

第七章

第二の生きがいを見つける方法

——迷っている時間は、それほど残されていない。
やるべきことを整理し、可能性に賭けてみる。

第八章

孤独を寂しいと感じるとき

――世間に付和雷同する必要はない。
猫と暮らし、本を読んで空想と遊ぶのもいい。

第九章

病気や死に惑わされないために

――病気や死は避けられないことを受け入れる。
よき記憶を思い出し、人生の醍醐味を味わいたい。

ブックデザイン　鈴木成一デザイン室

老いの道楽

第一章

老いに動じない心身をつくる

家事や料理を
日常の道楽にし、
心と身体を
健やかに整える。

ひがみっぽい人間は、付き合うのがめんどうくさい

ひがみっぽい人間がよい年代など、人生に一度もありはしないのである。ひがみっぽい人間は第一に付き合うのにめんどうくさい。それくらいなら、お人好しの方がずっと始末がいい。自信のある人物が、ユーモアとして陽性にひがんでみせるのは別として、ひがむのは、通常、人一倍の自負心の裏返しだから、ひがむという行為自体が、高慢で腐敗したような匂いをたてる。

過酷さに耐え、自分を鍛え続ける

自分に苛酷なことは一切やらないという人は、若年であっても、老人性生活性向を示していることになる。

もちろん、分に応じた言動を守るのは必要だが、老人の不幸の少なくとも十分の一

くらいは、周囲の放置にあるのではなく、当人とまわりの人間の過保護の姿勢にあることも、考えなければならない。

なお、苛酷さに耐える習慣は、比較的若いうちからつけておかなければならない。

そのために、少々、辛《つら》いことを毎日続けることに馴れておくべきであろう。

「私にそんなことはできないよ」と言う年寄りは多いが、その場合には、よき状態になることを自ら放棄したのだと思うべきである。

老人はたえず体を動かさなければならない

病気でなくても、夏など、高校野球、プロ野球と一日中、テレビでスポーツを見続けていられる時期がある。おかしなもので、スポーツを見ていると、自分もスポーツをしているような疑似《ぎじ》健康感にとらわれるらしい。しかし私の知人で、この時期、テレビの前にすわりっ放しであまり出歩かなかったために、歩く力が急にがっくり落ちた、という老人がいる。テレビで見るスポーツは、ショウであり、運動とは無関係どころか、むしろたえず体を動かしていなければいけない老人には、特に悪いということを知るべきである。

「桃太郎」の物語が教えてくれる人生の原則

このごろ、座右の銘ではないが、妙に実感を取り戻した言葉がある。

「おじいさんは山へ柴刈りに　おばあさんは川へ洗濯に行きました」

というあの物語の原型だ。（中略）

今の高齢者は働かなさすぎる。引退後は、悠々自適という名の下に、趣味や旅行に専念しても許される、というような感覚を持ち始めているようだし、働こうにも仕事がなかったり、高齢になれば病気がちになるのも当然だ。

しかし私が言うのは、どうやら年相応に健康なのに、労働をしないことが老年の特権だと思うことは、今後四人に一人が高齢になる時代に通用しなくなるだろう、ということだ。人間は生きている限り、毎日働くのが義務なのだ。

他人の厄介にならないために

頭をぼけさせず、かつ肉体的に他人に厄介にならぬためには、つね日ごろ家具や靴や機械類の手入れを怠らないように、体の手入れもしておかなければならない。毎日同じことを、おもしろくなくても続ける根《こん》が大切である。やがて、それが爽やかに感じられるようになることも、ほんとうである。

雑用をすれば自然に体は動いてくる

人間も、料理、洗濯、掃除、片づけ物をしてこの世を生きるのが当然だということだ。私の場合、毎日料理という名の餌作りをする。生活上で持ち続けるこの緊張感が、私の場合は健康に役立っている。少し熱があってもだるくても、仕方がないから働く。一万歩は歩かず、ジムで運動もしないが、雑用をすれば自然に体は動いてくる。私はいつも「仕方なく」生きているという実感を持っているのだが、それをみじめだと感じたことはないのである。

歩かずに知的生活を送ることはできない

歩くという言葉は古代ギリシャ語では、生活するという言葉と同じ単語だ。人は歩かずに暮らすことはできない。だから病気になろうが、足が痛かろうが、人間でいるためには最後まで歩くという機能をなくしてはいけないのである。年齢にかかわらず、歩かずに知的生活を送ることもできないようだ。

自覚と緊張が、美しい人をつくる

私の知り合いの或る奥さんに「何となくすてき」だという人がいる。別に人並はずれて美人というわけでもなく、年ももう五十を過ぎているから、ほっておいても美しいという年齢とも言えない。しかし彼女はどことなくものぎれいなのである。それは彼女が、小さな陶器の店を持っていて、儲かるのかどうかは知らないが、とにかく毎日そこへ通っているからだとしか思えない。

彼女は着物など着ない。陶器店といえば、和服の女主人が似合いそうなのだが、着慣れないものを着ると働けないのだという。化粧も薄い。（中略）彼女の場合、お洒落が先ではなく、労働が第一だということは明らかなのである。

素人の、ごくささやかな商売でも、こうして他人に接しなければいけない、たとえ少数の人にでも見られているという自覚と緊張があると、この奥さんのように魅力的になるのである。

家事ほど創造的なものはない

私は生活が忙しくて病気などしていられない。病気をしないには、毎日きちんと比較的素朴なご飯を作って食べることが大切と思い込んでいる。それには、外で買ってきたおかずなど添加物の多いものはやめて、自分でできるだけ素早く、手抜きもし、心も込めずに、お惣菜を作る技術を身につけるほかはない。

料理を含めた家事というものは、たとえば東京大学法学部出の秀才などには、とうていできないほどの総合的で創造的な頭の働きと才能を必要とする。つまりコンピューターを使わずに、機転をきかせつつ、かなり複雑な段取りが流動的に頭の中にできていないと、短い時間に間に合わせられないのである。

ぼけずに若くいたければ、自分で料理をするのが一番

新しい体験をしようとか、絵手紙を書こうとか、新聞の論説を音読しようとかいうことが老化防止の方法だと書いてあるものもあるが、私にいわせれば高齢者に失礼な提案だ。多分提唱者の学者ご自身がそんなことしかしていないのだろう。多くの高齢者が、そんな児戯《じぎ》に類したことだけをして壮年を生きてきたのではない、と私は思う。

（中略）

ぼけないで若くいたかったら、自分で料理をすることは手近で一番いい。いかなる薬よりも食べ物と、それを作る過程が動物的で体に効くはずだと私は信じている。

料理は自立の精神をつくる

料理には二つのメリットがある。自立の精神と、他人のために食事を作るという与える姿勢である。壮年の条件は、たとえ何歳であろうと与えようとする姿勢を残していることである。それに料理には臨機応変で素早い総合的判断力が要るから、ぼけている暇はない。

もやしのひげ根取りも生きるための仕事

最近私は朝ご飯の後で、すぐに野菜の始末をすることにした。お昼にもやしと豚肉の炒《いた》め物を作ろうと決めたら、朝ご飯の後でもやしのひげ根を夫にも手伝わせて取る

のである。（中略）

夫を巻き込んだのは、私の悪巧みである。私は常々、「人は体の動く限り、毎日、お爺さんは山へ柴刈りに、お婆さんは川に洗濯に行かねばなりません」と脅していた。運動能力を維持するためと、前歴が何であろうと――大学教授であろうと、社長であろうと、大臣であろうと――生きるための仕事は一人の人としてする、という慎ましさを失うと、魅力的な人間性まで喪失する、と思っているからだ。

修道女たちが介護を必要としない理由

修道会全員十七人の修道女たちに会ったのだが、ほんとうに外見も性格ものびのびと個性的な人たちばかりで、そのまま俳優さんとしてミュージカルの舞台に上げたら、大ヒット疑いないないほどの魅力的な存在だった。しかもここでも全員が高齢にもかかわらず、介護を受けている人はいない、という。（中略）

どうして皆さん車椅子もいないし、ぼけてもいないの？　と私が聞くと、もちろんよくはわからないけれど、全員が毎日順番に食事を作り、修道院の庭でささやかな菜園や花壇を作っているからかもしれない、という返事だった。

台所の食材を使い切るという道楽

年をとると、おかしな癖が出るものだが、私の最近の趣味は、台所の食材を何一つ捨てないことになっていた。

うちにいれば小説を書く合間に毎日料理をするのだが、ほんものの料理人でない証拠に、こういう料理を作るために必要な材料をそろえる、というまっとうな手順を踏んだことがない。私の道楽は、残り物の材料をどう使うかで、自然に献立が決まるのである。

友人と料理をして食べる会

ミラノとシンガポールと、それぞれから遊びにきた日本人の友人たちと、勝手気ままに食べる会。まず自由が丘のスーパーに行って、二人が勝手にこれが食べたい、あれがいい、という材料を買ってきてうちで料理をして食べる会。

いわゆるご馳走風のものは極めて少なく、二人が涙を流さんばかりなのは、知人が届けてくださった手作りの山椒《さんしょう》の佃煮と、三国《みくに》の揉《も》みわかめ。それをササニシキとともに食べればそれで充分だと言う。

イワシと味噌汁とたくあんだけでも知人を呼ぶ

老人世代は、イワシの丸干しとお味噌汁とたくあんだけのメニューでも、うちでご飯を作って、近隣の知人を呼んで会食をし合うべきだ。すると料理によっても会話によっても、頭が動く。孤独感も薄れて一人暮らしもいいものだ、と思える。「うちのご飯」を一緒に食べる恩恵は実に偉大なのだ。

おもてなしは庭で採れるものと三崎名物のマグロ

メニューはうちの庭で採れるものばかり。それと三崎名物のマグロ。マグロとイワシは外見と味が時々うんと違う魚で、私は食べてみなければ、ほんとうにおいしいかどうかわからないのだが、今日のはお魚屋さんの保証つきだったからよかったらしい。例によって私の手料理の田舎料理。

自家製の新鮮なタマネギを炒めれば甘くて最高の味

タマネギもジャガイモも、もっとすばらしい外見のものを、私たちは町で買うことができるのだが、新鮮という点では自家製がいい。タマネギは甘くて、炒めれば砂糖を入れたのかと思う。

イカは庭で一夜干しにする

午前中、食料品の買い物に出かけた。キンメはお腹を出し、イカは庭で一夜干しにした。明日はここを来訪される方があるので、カニやお土産用の干物も買った。他のものは冷凍にして片づけたところで午後になった。

砂糖と醬油は常に業務用を利用

私は煮物ばかりしているので、砂糖は常に五キロ、お醬油は一・五リットルの業務用瓶をいつも二本は持っている。それでも、「誰かが夜、おショウユを盗み飲みしているに違いない」というほど順調に減るのは、私が始終煮物をするからである。

神業のような帝国ホテルのフランス料理

夜、帝国ホテルで芦田淳夫妻の金婚式。（中略）

浅丘ルリ子、佐久間良子、星由里子、山本陽子、などの美女は、映画かテレビの中でしかお会いしたことがない。

美女の上に、美味も嬉しい。正直なところ、帝国ホテルの一般のダイニングではこんなご馳走は出ない。私は家で日本式お惣菜を作っているので、外ではこういう神業のような極限に手のかかったフランス料理を食べたいのである。玄人の味というものは、素人がこのお料理を真似してみようかなどと、一瞬たりとも思わないような味であるべきだ。

スイカの白い部分でジャムを作る神父

兄神父は、私の知らぬ間に、俳人でもあった。

前後して別の婦人が、「兄神父さまは、フランス語のレシピから独学でお料理を作るようになられて、帝国ホテルの村上シェフからも認められたんですよ」とささやいてくれた。弟神父によれば、兄はスイカの白い部分からもジャムを作るのだが、おいしいのができるまで凝《こ》りに凝るのだという。

長さも太さもバラバラな稲庭うどんの味わい

偏見かもしれないが、長さも太さも疎《まば》らな裁ち落としの方が味におもしろさが出るような気がしてならない。それに昨日初めて稲庭うどんのほんとうの味を知ったので、帰ったら早速作ってみたくてたまらない。夫は、牛肉とカステラの裁ち落としは知っているが、うどんの裁ち落としなんて聞いたことがないと言う。

第二章

不安や苦しみを手放したいとき

家の中の
不用品を処分して、
空いたスペースに
少し贅沢品を置く。

すぐ怖がるのは最近の大人たちの幼児性

何でもすぐ怖がるのが最近の大人たちの幼児性である。彼らはことが解決して安心して暮らしたいという。しかし人生で安心できる瞬間などないのだ。あの二十歳が捕まっても、フェイスブックで知り合ったストーカーや、暗い夜道に潜む変質者や、施錠しない家に入り込む窃盗犯は、常にいる。

無力さの自覚があるからこそ、人間は謙虚でいられる

それにつけても、人は他者の心の理解に近づくということはない。神仏にしかわからない最期の人間の声を誰も聞く人はないからだ。だから真実というものの手前で、私たちはいつも立ち止まるほかはない。しかしその無力さの自覚があるからこそ、人間は辛うじて謙虚でいられるのだろう。

身なりを整えて、自分を厳しく律する

年寄りになったら、身なりなどどうでもいいようなものであるが、服装をくずし始めると、心の中まで、だらだらしても許されるような気になるものである。比較的若いうちから、女は靴下をきちんとはき、下着も略式にせず、外出の時にはアクセサリーその他を揃えることを当然とする癖をつけておくことである。和服を着ている人なら、襟《えり》もきちっとそろえ、裾《すそ》も乱れぬようにし、帯を低めに締めて、真白い足袋《たび》をはき、背を伸ばしていたい。だらしない服装をすれば、楽かというと必ずしもそうではないのである。くずす方は、ほっておいても自然にくずれる。体力がなくなり健康状態が悪くなれば、誰に言われなくてもくずれてしまう。それ以前は、できるだけ自分を厳しく律する方向へ向けておくことは悪くないであろう。

清潔を保つことは、周囲の人への礼儀

加齢によって、視力や嗅覚が衰えることは致し方ないが、寝具、シャツ、寝巻など平気で汚いのを着ている人がいる。洗うシステムができていても、出さないのである。清潔にするということは、自分のためであると同時に、周囲の人に対する礼儀である。それゆえ、肌着は毎日かせいぜい一日おき、寝具や寝巻なども日を決めて、汚れているように見えても見えなくても洗うべきである。年寄りが薄汚く見えるのは、実際に不潔になっているという場合も決して少なくない。

人間がだらけるのは、他人の存在が稀薄になるから

人間はだらけてくると、姿勢が悪くなり、女の人は電車の中で太ってもいないのに膝を開いて座るようになる。緊張に欠ける姿勢というのは背筋と脚と顔の表情に出る。

（中略）

緊張がなくなる最大の理由は、その人の周囲から他人の存在が稀薄になるからである。つまりそのような生活からは、他人の目に自分がどう映るかなどという関心は全く必要なくなってしまって、ただ自分がどうしたら得か、自分にとって何が楽か、というような自己中心的な情熱だけが、くすぶって残るのである。

自分のことに手一杯という姿はすてきではない

安全、無難がいい。損をすることだけはお断り。自分のことに手一杯だから、他人のためには、一時間の労働、千円のお金も出すのは嫌、という夫婦は実にすてきでない。顔の美醜は自分の責任ではないが、そういう行動の原因は、百パーセント私たちの心の中にある。

要らないものを捨て、家の中をがらんどうにする

昔は、書く間に、庭で野菜や花の世話をした。しかし今は家の中で片づけものをするくらいしか運動能力がなくなった。とにかく要らないものを捨てて、家の中をがらんどうにすることが、私の毎日の作業の一部である。広くなった空間は、二匹の猫が運動場に使っている。

夫のものも、死後一年も経たないうちに処分

夫が亡くなった後、私は一年と経たないうちに、片づけを始めた。夫の暮らした書斎その他を、そっくりそのまま記念に残したい、という人もいるが、そうした精神的なものは、すべて私の記憶の中に刻まれているから不必要だった。本の整理は私の体力に余るので、私が死んだら一緒に片づけて、と息子に託してある。

そのような基本が決まり、大体その線に沿って整理をしたら、かなり空間が増えた。私は時々親しい友人に空の戸棚を開けて見せ、

「ほら、家中空間だらけでしょう」

と自慢した。友達の中には、

「終戦直後だったらこういう家は貧乏って言ったものよ」

と言う人もいたが、私はいい気分だった。お金が増えたわけではないけれど、酸素の量は確実に多くなったような気がしたのである。

自分の死後に、家族が困らない後始末

私は片づけ魔である。時には必要なものまで捨ててしまう。私は部屋や戸棚の空間が大好きだ。空間があれば新しいものも買えるし、知識も詰まりそうな気がする。そうして私の死後、遺族が少しでも片づけものに時間を取られずに済めばすばらしい、と考える。

手書き原稿も、遺品として残さない

　交通会館の後、前田建設工業株式会社へ寄った。千枚を超す書き下ろし作品だった『無名碑』（講談社）の原稿があれば、会社の記念館に保存したいとのこと。『無名碑』の舞台には、前田建設の実際の現場がたくさん登場する。私は手書き原稿を何万枚と焼いた。作家が死んだ後、遺品を残すのが嫌いなのである。

一度、何もかも捨ててしまったらどうか

　人間の体の細胞もそうらしいが、古いものは新しいものに変わるべきなのである。ことに人間が美的に整然と活動的であるには、まず単純な生活から始めねばならない。ところが、これがなかなか難しいのである。（中略）
狭いアパートに、若い世代と同居していて、自分の所有するあらゆる使わないもの

を、がっちりと押入れに入れてとっておいているので、困りものになっている老人はひどく多い。一度、何もかも捨ててしまったらどうか。

ものを捨てると、新しい空気の量が家の中に多くなる。それが人間を若返らせる。

写真を残すとしたら五十枚だけにしたい

これは私の全く個人的な目標なのだが、私は自分の写真を残すとしたら五十枚だけにしたい、と思っている。もうすでにかなりの量を焼いた。私から見て叔父叔母は懐かしい人たちだが、その人たちの結婚式の写真なども焼いた。私の子供の時代になったら、もう会ったこともない人たちのことは——ほとんど興味を持たなくてもしかたがない、と私は思っている。

空間にはささやかながら意味のあるものを置く

すべてのものには程度がある。片づいているのがいい、簡素なのがいいと言っても、何もないのがいい、とは言えない。その点、我が家の現状はただ趣味もなく空虚という状態に近い。

空間にも、置かれているものにも、すべてささやかながら意味のあるものが望ましい。住まっている者のメッセージがあるといい。

爽快な空気と風通しのいい空間

納戸はがらがらになった。何という爽快な気分だろう。私は物質的な執着も強い方だが、それと同じくらい空気と空間も好きなことを知った。それは母が昔私に教えていったことが影響していた。

母は私に風通しのいいことは大切だ、とよく教えたものであった。家の外壁の周囲の植木はよく刈り込み、家は必ず十文字に風が抜ける構造に建てなさい、と言った。昔エアコンなどがなかった頃の知恵であろう。

質素は、広大な精神的世界の入り口

質素を他人に誇るべきお家の芸術にする、という姿勢は世界の中でもあまり見られない。通常、他人に誇ることは、これでもかという感じの居丈高な装飾や富の過剰という形をとって表される。しかし見る人のイマジネーションを充分に利用して、質素を、広大で豪華で複雑な精神的世界に変えようとする技術や能力は、日本人独特のものとしか言いようがない。私はそれを深く誇りにしている。

ものの命を循環させるフリーマーケット

知人がフリーマーケットを出しているというので、まず箱に山盛り三ばいがらくたを集めた。この人がパリの蚤の市で買いつけをするのを見て商売の方法も少しはわかったので、くだらないものでも遠慮しないでおまけ用に出した。

そこで売ってくれた僅かなお金も嬉しいけれど、私がほんとうにほっとしたのは、すべてのものが欲しい人のところへ行ったということだった。（中略）

人が捨てたものに、誰かが命を見つけて使う。こんなおもしろい操作はない。誰も見つけられなかった人の才能を見つけてそれを生かせたとしたら最高の楽しみだろう。

身のまわりのものは、少し贅沢でも新品を取り入れる

小さなものを、ちょっとずつ新調することを自分に義務づけたいと思う。

タオルの美しいものを身近に置きたがるおばあさんは、どこか生活がほんわかとしている。ハブラシ、座布団カバー、枕カバー、スリッパ、灰皿、櫛《くし》などというものは、それほど高価なものでもない。少し贅沢でも、新しいものを入れると、同じ部屋でも気分が変わってきたように感じられることがある。

倹約しすぎて、自分の貯金の恩恵を受けず死んでいっていいのか

実際に、老人の間で常に問題になるのは、自分の持っている金をどのようなテンポで使っていったらいいか、ということである。早く死ぬつもりが、長く生きすぎて一文なしになって余生を送らねばならぬと困る、という口実のもとに、爪に火をともすようにして、倹約して暮らし、ついに自分の貯《たくわ》えた金の恩恵をまったくこうむらずに、何もしてくれなかった甥や姪に残して死んでいく老人がいかに多いことか。それは滑稽である。

九十まで生きるつもりで、それで使いきるように計算をして、あとは、私の知ったことではない。それだけ生きれば、あとは道へほっぽり出されてもいいではないか。

結城紬一枚の道楽

『誰のために愛するか』という本が生まれて初めてのベストセラーになった時「そのお金を何に使いましたか」と聞かれて、私は「アメリカ製の大きな冷蔵庫を買いました」と答えた。機械が氷の卵をころころと生んでくれるもので、それだけの高級な冷蔵庫は当時誰もが持っているというものではなかった。

それから私は結城紬を一枚買った。

「それまで持っていなかったんですか。女流作家という人たちは、皆着道楽でしょうに」

と言った人もいたが、私は持っていなかったのである。結城は途方もなく贅沢な普段着で、その布は軽々と体にまつわりつき、スタイルの悪さを隠してくれるので、私は何より好きな織物であった。

ワグナーの音楽の中で小説を書く

ワグナーは私にとっては何という偉大な存在だったろう。人間以外で、この世で素朴に「生きる喜び」と言えるような存在はそれほど多くはない。たとえばワグナー以外では私は夕陽を見るのが好きだ。朝日は眩しいだけで、ほとんど私を感動させない。しかし夕陽を見るためなら、私は家から走り出て、その光の中に立ち竦《すく》みたくなる。夕陽と対峙《たいじ》した時、私は時々自分の生涯の部分が明確にわかるような気がしたのである。

ワグナーの音楽の中で、私はいくつもの小説を書いた。ワグナーを聴く時も、私は自分の濁った眼が少し透明になるような気がする。だからワグナーは私が人生を見渡すための眼鏡だった、という滑稽な言い方もできる。

骨董市で見つけた牡丹柄のお猪口

東京美術倶楽部の骨董市で、永楽の桜のお猪口《ちょこ》を買った、と思ったら牡丹《ぼたん》だという。色のかわいさがたまらない。

もう何も要らない、捨てることだけが大切ということばかりを感じてはいるのだが、まだ生きているうちに何も買わなくなると、またあまりに偏頗《へんぱ》な人生になりそうなので、時々こうしてでたらめをする。

器次第でお浸しの味わいも変化する

私は自分の生活程度に合った焼き物を少しずつ買うことにした。おもしろいことに、お刺身は一度食べれば終わりだが、お刺身を載せたお皿は、何度でも使える。好きな皿小鉢を買って、大切に終生使えば、毎回料理も少しはおいしく見えるというものである。同じコマツナのお浸しでも、器によって全く違って見えるのは、楽しい魔法である。

日本が世界に誇る陶器の技法

数百年来、日本が世界に冠たる技術国だということを、武力ではなく示し得た一つの道は、九谷、伊万里、薩摩などの陶器の技法だった。南アの葡萄酒で儲《もう》けた成金商人たちは、人の身丈より大きい伊万里の壺を買って家に飾った。その壺の原産国の日本のことなど何も知らなくても、その精緻な技術を見るだけで、「なかなかどうして、大した国だ」とは思っただろう。

紙皿で育つ子には、おそらく総合的な芸術に対する眼も欲求も芽生えない。すべての芸術は例外なく「てまひま、かけるもの」だからである。

家の中ですることは山ほどある

私が著述業でなくても、私は住んでいる家の空間の中ですべきことがたくさんある。小さな地面に生える雑草を抜くこと、不用なものを捨てること、長らく放置してあるカーテンやテーブルクロスなどの洗濯の手順を進めること、書棚の埃を拭くこと、庭に置いてある植木鉢にたっぷり水をやること。どれも意外と時間のかかる仕事なのだ。

第三章

家族の悩みと向き合うために

夫や子供、孫への
期待や幻想を捨て、
自分のことは自力でやれば
楽になる。

人の好意を期待するのは不幸のもと

人の好意を期待する、というのは、不幸のもとです。期待すると裏切られることがあるでしょう。期待すればするほど、不幸が増えるわけですね。

私は卑怯だから、期待しないんです。私の心根がいいというわけではなくて、裏切られて不幸になるのが嫌だから、人の好意を当てにしないことにしました。そうしたらとても楽です。でも私は始終、人の優しさを受けています。期待しなくてもいただく時はいただくものなんです。

受けることばかり求めると、永遠に心の平穏は保てない

好意や援助を受けることやもらうことばかりを求めている人は、どこまでいっても満足感を得られず、永遠に心の平穏を保てないと思います。

なぜなら、人は受けている時は一応満足するけれど、次の瞬間にはもっと多く、もっといいものをもらうことを期待します。心は「もっと欲しい」と叫び続け、いつまでも飢餓感に苦しめられることになりますから。

しかし不思議なことに、自分が与える側に立つと、ほんのちょっとしたことでも楽しくなるものなんですね。相手が喜び、感謝し、幸せになれば、こちらの心はさらに満たされます。

結婚は九十パーセントが運

結婚というものが、いかに不合理なものかは、努力をしてもうまくいかないことがあることによって示されている、と私は前にも書いたことがある。この世のたいていのことは、努力することによって、多少は状態が好転するということが多い。しかし結婚だけはそうはいかない。これは九十パーセント運である。だから私は結婚しなければならない若い人たちが気の毒である。しいて言えば、結婚相手に一切の条件をつけないことが、努力に相当し、条件をつけることが自ら幸運をとり逃すような行為につながるかもしれない。

夫婦が一緒でなくても「その程度」のことでしかない

ヨーロッパで演奏活動していた音楽家の日本人夫婦から聞いた話だが、その夫婦はクリスマスの頃になると、どちらかが、日本で年末年始の演奏会に出ることが多かった。女の子が一人いたから、父か母かどちらかが残って一緒にクリスマスをしてやることは大切だった。しかし、ヨーロッパ人の同業者はそれをかなり不思議なことと感じるらしかった。

夫婦がクリスマスにも一緒にいないなんて、破局が近いのではないか、とあからさまに心配してくれる人もいたという。日本人は夫婦より子供の心の平安を大切に思い、夫婦どちらかが一人残って家を守っていれば、却って安心だと思うのである。

私の家は息子が十八歳で地方の大学に行ってしまったので、子供のことを考える心配はなくなった。しかしその後も、私の母、夫の両親と同居していたので、私たちは一時期、夫婦は決して一緒に旅行しなかった。いつ何時、三人の老世代のうちの一人が入院するかもしれなかったから、その時に、私か夫かどちらかがいれば安心だったのである。

そして私たちは親たちのためなら、その程度の犠牲を払うのは当然と思っていた。

夫婦別室というすばらしい自由

今多くの日本人が夫婦別室で眠るようになった。年をとるほどに、生活の癖は各々違ってきて、なかなか妥協できなくなる。（中略）

その点、自分の部屋で眠れば気楽だ。起き上がって何をやってもいいのである。早く眼覚めれば、さっと窓を開けて冷たい新鮮な空気を入れたり、新聞を取りに行くこともできる。うんと年をとって、相棒の突然の死に気づかない、ということだけが別室で眠ることの欠点である。

しかし、どうしてこんなすばらしい自由をもっと早くから満喫しなかったのだろう、と日本人は思うのだが、なぜか外国人にはあまり支持されていないようである。

妻の呼称をめぐる日本と西洋の文化の違い

私は大学でいい加減に英文学を学んだおかげで、西欧的な思想にも少し触れた。その結果、妻を褒め讃える外国の男たちの姿勢のよさにも微笑を覚え、妻を愚妻と表現したがる日本の男たちの俯き加減のものの言い方の陰影も理解した。何と言ったって私は日本人なのだから。

私は日本人と非日本人の違いを楽しんできた。同一性ではなく、違いこそ社会を強く複雑に楽しくしてくれる、という思いは変わらないが、違いを許さない人が世界にたくさんいるから喧嘩が絶えない。

結婚が失敗したのなら、別居や離婚をすればいい

結婚が失敗だったと思うこともあるだろう。私はカトリックで離婚を認めない信仰の世界にいるのだが、仲が悪かった父母や親友の結婚生活などを見ていると、少なくとも別居するのに賛成である。教会もこのごろはケースによってだが、離婚の許可を出している。そして、間違った相手を選んだ失敗を清算してから、次の愛情の対象を見つけるべきだろう。

子供のあるなしは、決定的なことではない

子供のあるなしは、夫婦にとってそれほど決定的なことではないと私はいつも考えている。言葉を換えていえば、子供にそれほどの執着を持つ夫婦がもしいるとしたら、その夫婦はどこか夫婦として、満たされないところを持っており、それを子供によっ

て代替えしようとしているにすぎないという気がする。

若い世代は忙しいことを肝に銘ずべき

これは能力の問題ではない。誰もが体力があるうちは忙しく働かされ、老齢になればその任にないと思われるのである。しかし現役にある世代は雑用に忙しい。それを思いやることができなくなった時、私たちはかなり老化が進んでいる、と思うべきである。

「面倒を見てもらう」というのは一種の脅迫

「こうやってお母さんは、あんたのために生きてきたんだから、年とったら、今度はあんたに面倒を見てもらうからね」

とよく平気で言っている人がいるけど、ああいう言葉は、やはり一種の脅迫だと思ってしまう。

子供だけを責めるわけにはいかない

子供がいても、子供は親の生活を放置していると嘆く親たちが多い。親が病気でも顔も出さず、金を取りにくる時以外は、寄りつきもしないとはっきり言う人も珍しくない。

実は親の方も身勝手になったのだ。子供と同居すれば、嫌でも孫の面倒を少しは見ることになる。食事時間や、食べ物の好みも、若い世代に合わせなければならない。しかし昔より体力もあり、活動の範囲も広い最近の祖父母世代は、息子夫婦にも孫にも拘束されたくない。「孫の世話なんて、真っ平だわ」とはっきり言う人もいる。ゴルフだの、クルーズだの、自分の愉《たの》しみも多くて、一族の冠婚葬祭に縛られることなどご免こうむりたいと思っている。しかし人生の晩年に、子供たちから放置されている親を見ると、自業自得とはいえ侘しくなる。

できの悪い子が親を生かしている

もし心配をかける子供を持ったら、その子がせめてもの親孝行と思って、親不孝をしているのだと思いたい。「死ぬに死ねない」という思いを与えてくれるのは、心配をかけない子ではなくて、できの悪い子なのである。

孫のしつけは、祖父母の仕事ではない

孫のしつけのことで、息子夫婦と衝突する老夫婦がいる。孫には、子にできなかった夢の成就を期待する気持ちもわかる。しかし、私はそのような夢に、本質的に同調も同情もしない。なぜなら人間の生き方には、どうなったらいいのか、本質的にわからない部分がたくさんあるからである。特に何を望んだらいいのか、誰にもわからないからである。とすると、そのはなはだ難しい問いに答えを出す責任は、親という立

場の人間がやむをえず負うべきで、祖父母の仕事ではない。

老人はバカにされながら、愛され尊敬されている

孫が年寄りをバカにするのは、一種の愛情の表現である場合が多い。それをそのまま受けとめることができれば、老人はバカにされながら、実は深く愛され尊敬されているのである。

六十歳を過ぎたら、人間としていいところは生きた

親たちの長寿を祝う、という気持ちが、家族にあるのは当然である。しかし六十を過ぎたら、その人は、人間として、いいところは既に生きたのだ。七十を過ぎたら、もっと余分にいいところは生きたのだ。だから、その後どれだけ長く生きたかということは、大した問題ではない、と私は思う。

相手に文句を言うのは、老化の証拠

バカにされたといって嘆くほど、つまらないことはないような気がする。ほんとうに老齢のために頭がバカになっているなら、バカにされる理由はあるのだし（そういう時に軽蔑の念をあらわに見せる相手のバカさ加減はあるとしても）、バカでもないのにバカにされたのなら、自分はそうでないのだからほっておけばいいだけである。バカにされた、といって怒ったり、相手に文句を言ったりするのは、もしかしたら、逆に老化がきたというはっきりした証拠になっているのかもしれない。

悪も善も、怠惰も勤勉も、すべておもしろがる

年月のおもしろさは、個人の変貌にある。現代では人間は長生きするから、約半世紀の後に再会を果たすこともあるが、半世紀の間には、私の内面もかなり変わったと

自分では思う。堕落か遅すぎる成熟かはわからない。しかし私は人を裁く気持ちが減った。悪も善も、怠惰も勤勉も、すべておもしろがれるようになった。運命に動かされる人間の弱さは痛いほど知った。うやむやにすること……たぶんそれがお互いに許すことなのだろう……が、優しくて便利な方法であることも実感した。

その人が幸せになることを願う「報復」もある

小さい時、学校で、人からどんな仕打ちを受けても、ただその人が幸せになることを祈る、という「報復の形」を教わりました。私は根性が悪いから、すぐにそういうことができるとは言わないけれど、原則はそうすることに決めてはいるのです。これができたら……怖いわね。

愛とは無理して理性で自分を納得させること

聖書には「あなたの敵を愛しなさい」とある。私のように「敵は愛せません」と思ってもいいのだ。

なぜなら愛というものは、「自然にそうなる感情」ではなく、無理して理性で、そのように感じるべきであるように自分を納得させることなのだと教えられた時から、私の気持ちは楽になったのである。

手にできなかった部分から、得たもの以上に学ぶことがある

人生では、最上（ベスト）と最悪（ワースト）はほとんど起きない。結婚だってそうだ。（中略）

むしろ人間に要るのは、ベター（よりよい）を選んで、ワース（より悪い）を避ける知恵なのだ。

ベターを選ぶと、ベストではなかったのだから、諦めた部分があるはずだが、私たちは手にできなかった部分から、得たもの以上に学ぶことがある。

第四章

過去の執着を乗り越えたいとき

自分のことで悩むのは
無駄な時間。
外に出て視野を広げ、
考え方の癖を変える。

自分らしい欠点は残しておけばいい

自分らしい欠点は誰でも残しておけばいいのである。それが私が私たる所以《ゆえん》だと自覚すれば自然になれる。その性格を利用して私たちは仕事をすればいい。いや、それどころか、その特徴がなかったら、私たちは存在の理由さえ失うと思えば、自分にも他人にも寛大になれるのである。

閉じこもりが鬱病の症状を悪化させた

私は必然があれば旅に出て、外を見ようと感じるようになった。その心理の奥底には、意外と鬱病時代に対する恐怖の記憶が残っていて、常に内側にこもらないようにする意図があったと思う。病的に暗かった頃、私はいつも書斎に閉じこもっていた。狭まっていく作品の世界を少しでも完璧なものにするために、執筆以外のことをするのを拒否した。しかしそれは私の病状をますます悪化させ感動を枯渇させた。

外出ほど、老年にとって心身にいい訓練はない

外出ほど、老年にとって心身のいい訓練の機会はない。私たちは外へ出ると、緊張する。まず衣服を整えなければならない。財布と常備薬、眼鏡も持ったかどうか。間違った行き先の電車に乗らないか。切符をなくさないか。食堂では食券を先に買うシステムかそれとも後払いか。バスの小銭は集金箱のどこへいれるか（老人パスがあるから、その心配はいらない、という人は、それだけで訓練の機会を放棄していることになる）。すべてどうでもいいようなことなのだけれど、そこで人間は当然あるべき軽い緊張をしいられる。

外出したくなったら出ればいい

「不要不急の外出をしないように」と言われた日に外出したくなったら、出ればいい、と初めから思っている。途中で外を出歩いている理由を聞かれたら、「目黒の叔母さんが病気だというので心配になって……」式の嘘の言い訳を作ってあるから大丈夫だ。ほんとうに、目黒に叔母さんはいなくても、目黒区内に住む一人の友人の住所は暗記しているから、聞かれたらニセの目的地をすらすら答えるつもりだ。

旅は自分を鍛えるいいチャンス

私は旅というものは、自分を鍛えるいいチャンスだと思っているので、この年まで、秘書だの付き添いだのを同行したことがない。自分で持てるだけの荷物を持ち、切符を素早く出せるように自分で管理し、倒した背もたれは降りる時には直して出る、というようなくだらないことも、高齢者だからと言ってなおざりにすると、どんどん外界に対する適応能力が衰えると思っている。

変化した自分を見るのはおもしろい

私は多くの場合、旅を楽しんできた。旅は変化そのものである。変化があれば発見がある。馴れない環境で失敗をすることもあるが、人生とはこういうことだったのか、と教えてくれるのが旅である。敢えて成長とは言わない。しかし旅によって私は変わってきた。変わった自分を見るのはおもしろい。だからもし私と同じような性癖の人がいたら、その人にも旅をして、変わることをすすめようと思う。

歩行が不自由な実母を乗せて気晴らしドライヴ

二十代に始まった私の作家としての収入は、ほとんどすべて住居の準備に使った、と言ってもあまり不正確ではないかもしれない。私は自家用車なるものも早々に買ったが、それは実母が歩行が不自由だったので、彼女を乗せて気晴らしの小さなドライヴをするためだった。

けた外れに深い人生を見せるインドの魅力

私は再びインドへ行くことになった。

インドは、私が初めて訪れた外国であった。一九五六年、二十四歳の時である。

このけた外れに深い人生を見せる外国と初めて向き合ったことが、その後私が他の外国を比較的柔軟に受け入れる最初の素地を作ってくれた、と思う。ネルーが『インドの発見』の中でニーチェの言葉を引いてその偉大さを語っている個所は、まさにこのインドの本質を余すところなく伝えている。

「幾世紀の知恵ばかりではない——その狂気もまたわれわれの中で暴れ出すのだ」

差別はなくなることがない

ダーリットは、自分たちが受けた屈辱を忘れて、というべきか、受けた屈辱の報復をするため、というべきか、再び自分たちが少しでも優越感を味わうために、同じ階層の中にさらに階級を作り、従事する仕事も差別した。もっと複雑なのは、下級ダーリットさえインド社会では最下層ではないということだ。ダーリットといえども、都会のヒンドゥ社会でははれっきとしたメンバーである。

ゴリラの顔が浮き出るルワンダのヴィザ

アフリカなどの国は、いちいちヴィザを取らなければいけないので、お金と暇がかかって困ったものだが、ルワンダのヴィザだけは取った時、子供みたいに嬉しかった。ヴィザにはシールが貼ってあって、角度を変えてみるとゴリラの顔が浮き出るのである。こんな楽しいヴィザはめったにあるものではない、と感激したのを思い出した。

文学的で個性的な考え方

アフリカの中部の乾燥地帯を、ジープで旅していた或る人が、道なき道の向こうに大きな岩を見つけた。土地の運転手はまっしぐらにその岩に向かって車を走らせていく。どうもぶつかるようで不安だが、こんなによく見えているものにまさかまともにぶつけることもあるまい、と思っていくと、果たして強くではないが、車を岩にぶちあてた。

怪我はなかったが、当然その人は怒った。眼が悪いどころか、日本人とは比べものにならないくらいいい視力を持っているのに、どうしてこんな大きな岩に車をぶつけて壊した、と詰問すると、運転手は、車を岩にぶつけたらどうなるかなあ、と思ったからぶつけてみた、という。昔どこかで読んで忘れられない話だ。

こういう思考の体系をすぐ、教育がないから、とか、運転手としての自覚に欠ける、というような理由で責めるのは間違いのように私は思う。文学的に言うと、これは、眼が覚めるほど新鮮で個性的な答えだ。

創作オペラ『忠臣蔵』を見て思ったこと

今日はオペラ『忠臣蔵』を見る。一言で言うと大成功。台本の島田雅彦氏、作曲の三枝《さえぐさ》成彰《しげあき》氏の才能を改めて感じる。細部にはもちろん人によって小さな違和感はあるだろうが、日本はこれで初めて外国に持っていって勝負できる創作オペラを得た。「金持ち」が「成り金」でなくなるには長い時間がかかる。日本も経済発展後「ここまで来るのに今まで」かかった。オペラは成り金が教養ある金持ちになったかどうかを計る一つの目安だ。

オペラの意味は、「困難・苦痛・奉仕・努力」

オペラとは「困難、苦痛、奉仕、努力（複数形）」という意味である。単数形はオプスで、これも「仕事、労働」というような意味。血の滲むような人々の生活の営み、そのものである。

ブラジルの小話「ピアーダ」のおもしろさ

私はまだ三十歳にもならない時にブラジルに行った。もちろん初めての訪問である。そこで何より感心したのは、ブラジルの「ピアーダ」であった。

ピアーダは、冗談、ブラック・ユーモア、お色気小話、社会風刺などの総称だという。それは主に男たちが、オフィスやバーやその他あらゆるところで、暇な時に話し合ってはアハハハと笑うものである。

当然ちょっとお色気のあるものもあるし、どちらかというと後味のいい風刺という印象が強いものもある。この話の出所は、人から聞いた話なのだが、著作権があるような作家がいるわけではないから、聞いた話をそのまま他人に伝えて笑ってもいいし、それを適当に歪《ゆが》めたり、自分勝手な解釈を付け加えたりして話しても少しもかまわないのである。だからピアーダはその朝できた新作かもしれないし、もう二年も三年も語り続けられている半分古典的名作である場合もある。

短所を気持ちよく笑いものにする

自分と他人の短所を、気持ちよく笑いものにできることはすばらしい。人のワルクチはその人の前で大声で言え、人を褒める時は陰でこっそり言え、という美学がある。とにかく自国と自国民を快く笑いものにできるという「大人げ」において（大人げという言葉は本来「大人げない」という否定形でしか使わないものだが）、ブラジル人は世界でもぬきんでた人たちだと私は思っている。

シンガポールの庶民の味、ラクサは人を幸福にする

シンガポールの生活は夫婦と息子だけ。静かなものである。午前中は旅行代理店へ行って飛行機の切符の手配をした。（中略）

終わってから近くの食堂街《ホーカーセンター》でラクサを食べる。ココナッツ・ミルクのスープで煮たうどんで、エビと野菜入り、唐ガラシで少し辛い。カイランという青菜の炒めたものも取る。油で緑が輝いている。庶民がこういうお手軽でおいしいものを食べられる社会を作れば、戦争も部族対立も犯罪もずっと減るだろう、と一瞬能天気な考えが頭を過《よぎ》る。

自分に正直なアラブ人の生き方

アラブ人はもっと正直だ。人間は自分を生きるのだ。相手の立場は自分と関係ない。だから相手の立場など、微妙に察するのが美徳だ、などという感覚は余計なことだ。もちろんアラブ人は日本人よりはっきりと、飢えている人に食べさせる習慣があるらしい。

ただ、アラブには中間色、曇り日の陰影などという感覚はない。常に光が強い土地では、眼に見えるのは光か影だけだ。

辛い思いが、耐えられる体と心をつくる

まだ三十歳を少し過ぎたばかりの頃、私たち夫婦は、イギリスを北端まで自動車で旅行した。（中略）

一つのフェリーに乗り込んだ時、雨脚はかなり激しかった。ただでさえ寒いのに、不機嫌な雨である。私たちは車の座席に座っているから、濡れもせずさして寒くもない。私は車の中から外を見ていた。すると私たちのすぐ傍で、降りしきる雨の中に、一組の家族が立っているのに気がついた。

幼い子は、まだ小学校の低学年くらいだった。車を持たず、ただ対岸に渡ろうとしている人たちだった。私は窓を開けて、雨合羽《あまがっぱ》を着たお母さんらしい人に言った。

「中にお入りになりませんか。せめて小さいお子さんだけでも……」

全員は多分入りきれない。だから……というつもりだった。するとそのお母さんは答えた。

「ありがとう。でも私たちは、こういう状況にも耐えられるように旅をしていますので」

つまり子供には、むしろ人為的に辛い思いもわざとさせて、耐えられる体と心をつくる、ということがこの家族の目的だったのだ。

将来を考えるより今を生きる

アラブ人は今この瞬間で決裁する。十年、十五年先で帳尻を合わせるなどという長丁場の思考はあまりないように見える。人間は五十年も生きないで死んでしまうことも多いのだから、将来を考える方がむしろ思い上がっているのだろう、と私はこの頃もっぱらアラブ的思考である。

旅先で死んでも、お骨にして日本に運んでくれる

外国で死んだから金がかかるといって心配する人がいる。今は、それも準備しておけば簡単である。自筆の火葬承諾書を携行《けいこう》すればいい。そうすれば、どこの国でも、お骨《こつ》にしてくれる。お骨なら運賃もさしてかからない。航空会社が、安い値段で、小さな箱詰めにして日本に連れ帰ってくれる。

ハプニングも考え方次第で楽しくなる

仕事を終えて帰り道、空港で私はちょっとためらったあげく、その地方の押し鮨《ずし》を一箱買った。私は仕事で出る時も必ず一人だから、飛行場でどんな時間のつぶしようをしようと自由なのである。

飛行機に乗り込んで席に着いてしばらくすると、東京の羽田周辺は激しい雷雨で、

地上作業員の勤務が禁止されているから出発は一時間遅れだという。（中略）

私は悪いことを考える才能だけはずばぬけていると思い込んでいるので、初めは他の飛行機が後から降りてきて、私の乗っている飛行機にぶつかる事故を恐れていたが、間もなく、約二十機が地上に降りたまま、駐機場に行く順番待ちをしているというアナウンスがあると、そんなおろかな心配もやめた。

ふと機外の情景をテレビで見ると、機は少し機首を右に振っているので、私の座席はまさにランウェイの中心線の真上にいるように見える。

二十機目のわれわれが、駐機場に移動する許可が出るまでには、約一時間かかる、と知らされたので、私はこの時間を楽しく使うことを考えた。

そうだ、あの押し鮨を食べよう、時刻はもう夜の七時半に近い。何と言ったってすばらしいのは、ランウェイの真上で、ゆっくり夕飯を食べたという体験を持つ人は珍しいだろう、ということだ。普通、乗務員はもちろん乗客だって、飛行機が離着陸の時に、フル・ディナーを食べている人はいまい。

砂漠で迎えた、生涯でただ一度の夜

私たちは砂漠で満月の夜を迎えた。月光は眩しくて眠れないほどだったので、私は飛行機でもらったアイマスクを探し出してきて眼につけた。満天の星は、地平線のすぐ上にまで砂を撒いたように散らばっている。（中略）

私は満月の夜、ほとんど眠らなかった。生涯にただ一度の夜だと思っていた。眠るなどという無駄なことは、惜しくて到底できなかったのである。

第五章

不幸や不運を財産に変える考え方

世の中には幸福や善もあれば、
不幸も悪もある。
その両方を見れば、
思わぬ発見がある。

人生は凡そ期待する通りにはならない

幸福に関しても不幸に関しても、人生は凡《おおよ》そ期待する通り、或いは想像する通りにはならない。常に現実は予想を裏切り、人間の期待を嘲笑《あざわら》う。私はそれを何度も体験した。そしてその度に辛く感じたが、今ではその感覚が好きになった。

未来に対する自分の予測など当たったためしがない、と思う時、私は多分、少しは思い上がらずにいられるからである。それはどんなに社会の構造が変化しても変わらない人間性の限界を示すものとして、未来永劫なくならない運命なのだろう、と思う。

この世に完全に幸福な人はいない

この世で誰一人として、完全に幸福だ、などといえる生活をしている人はいない。

今の日本人も、健全な感覚を持った人なら誰でも、自分の生活に悲しみと不安を持ちながら、同時に、抱き合わせのように与えられているささやかな安らぎや小さな幸福に満足しなければならないのかな、と考えている。

人があまりしない勉強や道楽をした方がいい

老年まで生きた人のほとんどが、人生の幸福は学校のランクや成績の優劣とは無関係だということを知っている。それより、人があまりしない勉強や道楽を生涯し続けた方がいい。友達がスマホに使う時間に、何でもいいけど別のことをし続ければ、かなり世の中の役に立つ。

その人が不幸なら、人生は失敗

政治家でもなく、医師でもない私は、その人が幸福と感じているなら、それでほっとする。反対にどんなに社会が整備されていても、その人が不幸なら、人生は失敗なのである。そうした作家の視線を、私は今回も敢えて失いたくはないのである。

結果を他人のせいだけにしてはいけない

人は自分の行動を選べないこともある。恐怖政治が行われて自由が阻害されていたり、食物が極度に不足していて選ぶことができなかったりする場合の結果を、当人の責任にするのはかわいそうだ。

しかし日本では誰もが、本や新聞を読める教育を受け、しかも経済、政治、社会のあらゆる面から自分で生き方を選択できる。それなのに、未だにすべての結果を人のせいにする空気が残っている。

不幸を体験していない娘の優しさもいいもの

歪んだ家に育つとものに動じないしぶとさを持つようになる。それも悪くないが、一方で温かい家庭に育って、人の悪意になどあったこともないように見える身についた優しさと素直さも、私は大好きなのである。

すべてに不満を言うのは、老年独特のわがまま

「疲れたっていいじゃありませんか、おばあちゃんは、明日何かしなきゃいけないわけじゃないし、疲れた分だけ、明日一日寝てたら」

「でも、それも辛いからね」

金も出したくなく、疲れるのも嫌で、一人静かなのは退屈だという。すべて不満なのである。このような不満の形は老年独特のものらしいが、私は老年の自分に向かってそれはわがままだと言っておこう。

高齢は悪でも善でもなく、資格でも功績でもない

高齢である、ということは、若年である、というのと同じ一つの状態を示すにすぎない。それは悪でもなく、善でもない。資格でもなく、功績でもない。

老人の不思議な利己主義

老化の兆しは、周囲や他人の存在の意識が希薄になることらしい。その結果、不思議な利己主義が発生する。エスカレーターを出て数歩のところで人の動きを平気で邪魔しながら、立ち止まって考えている。自分が買い物をする時、売り場の前に漠然と立って、背後で商品を見たいと思って待っている人の気配など、全く感じないような鈍感な人になる。男女にかかわらずこの周囲無視の弊害は発生する。耳が遠くなって、気配というものが感じられなくなるのかもしれない。

自分の病気にだけ大騒ぎする幼児性

幼児性の特徴はいくつもあるが、周囲に関心が薄いこともその一つである。自分の病気には大騒ぎするが、他人の病気は痛くもかゆくもない。万引きをゲームだと思っているのは、自分がただで欲しいものを手に入れられる、ということがわかっているだけで、万引きをされた店の痛手には全く思い至らない、という点にある。

楽しいことをしていれば、心はいつも風通しがよい

漢方では、病気の原因は気、血、水の滞りからだと考える。このうち気というのはよくわからないが、苦労にうちひしがれて一人閉じこもるような気分になれば、気も巡ることがないだろう。しかし楽しいことをしていれば、心はいつも風通しがよく、血も巡るようになるのだろうから、病気になりにくい、と考えるのである。

しかし、どんなに心根のよい人でも、病気になる。実はその時が人間の真剣勝負なのである。病気をただの災難と考えるか、その中から学ぶ機会とするかは、その人の気力次第である。

弱者ではない老人に酒の量まで管理する必要はない

老人ホームでは、老人を劣等者と思っているところが多そうである。

先日、或るお酒の好きな老人に、ホームが毎晩お銚子一本しか飲ませない話を聞いた。その方は長い間勤めて、恩給という形で、ご自分の酒代くらい充分にある方だった。

もちろん、そんなに飲んだら、高血圧で倒れますよ、とか、肝硬変で死にますよ、とオドカスことはいいことだと思う。しかし頭のしっかりしている人に対して、酒の量まで管理することはないであろう。

私は管理する側が親切でそう言っているのではないような気がするのである。

「ホームのくせして××さんが肝硬変になるまでほったらかしてお酒飲ましていたんですって。ホームの怠慢じゃないの？」

と世間に言われることを恐れて、自由にさせないのである。その人が肝硬変で死んでもそれはホームの責任ではない。当人がその道を選んだのだ、ということを世間も認識しなくてはいけない。

人間の存在は、すべてか無かだけの尺度で測れない

幼児性は、さまざまな図式によって、人を判断し、それを信じる。その図式も時代の流れに動かされる。有名なら信じる。金持ちは悪人で、貧しい人は心がきれいだ。反権力は人間性に通じる、という具合だ。現実は、そのどれにも当てはまる人と当てはまらない人がいる、というだけのことだ。

幼児性はオール・オア・ナッシング（すべてか無か）なのである。その中間のあいまいな部分の存在の意義を認めない。あるいは、差別をする人とされる人に分ける。

しかしあらゆる人が、家柄、出身、姻戚《いんせき》関係、財産、能力、学歴、その他の要素をもとに、差別をされる立場とする立場を、時間的に繰り返して生きているのである。ただこの世ですべての人が、それぞれの立場で必要で大切な存在だということがわかる時だけ、人間は差別の感情などを超えるのである。

悪から学ぶという成熟した学習姿勢

私は、今の若者たちが持っていないサバイバルの力や才覚を、戦争からと、その後度々訪れた貧しい途上国で培《つちか》われた。（中略）

昔は悪からも学べる強さが大人の証《あかし》だった。悪から学ばない人は善からもあまり学ばない。悪の存在意義を認めないと、善の働きも感じられないだろう。

悲しみを正視し、自身が何をなすかを冷静に知る

ギリシアの英雄たちは、私たちに代わって本音の人生を生きて見せてくれている。その地獄のような、修羅場のような激しさと厳しさが、おそらく人生の素顔なのである。

彼らは物語の中で、私たちと同じように、恐れ、呪い、裏切られ、執着し、泣き、苦しみ、もがく。英雄だからといって、取り澄ましたよそいきの顔を保ち続けているということはない。しかし私たちはそこに、彼らの強さ、正直さ、ひたむきさ、誠実さなどを見て心打たれるのである。

日本人が今後学ばねばならないのは、道徳を口にすることではない。むしろ悪の何であるかを学び、弱さを知り、悲しみを正視し、その中から、自分自身は現実にどこまで何をなし得るか、を冷静に知ることであろう。それを思うと、ギリシアの英雄たちの一見惨憺たる生涯も、むしろ、私たちに多くの骨太な人生の実相を見せてくれる

のである。

陽気と陰気、どちらがいいという優劣はない

陽気と陰気とは、どちらがいいという優劣の問題ではない。これは特徴であり、どちらを好むかは嗜好の問題であり、どちらが仕事をするかはまた、それぞれの分野によるのである。一見陽気な人の方が人との関係がうまくいくように見えるが、一つのことを執念深く追っていけないということもあり、陰気な感じの人が陽気な人の落としていった部分をいつも補強する役目を買って出ているというケースは実に多い。

努力のよしあし

努力は一面で「しきたり」そのものであったから、私は自分が育った家庭の中で覚えたもので、主に他人と関係のあることだけ守ろうとした。つまり病気見舞、各種の

お祝い、死者に関すること、季節のご挨拶、といったものはしきたりに従った方がいいだろう、と考えていたのである。それは自分たちが将来その人と付き合っておくと得だからするのではなく、お世話になっていることに対するお礼の気持、という感じで、私には何ら抵抗なくできたのであった。（中略）

しかし、およそ日本人らしくなく、アナーキスト的な思想の家に育った夫は、私のこのような生き方に驚いたらしかった。それで、結婚生活で夫婦の調和をはかるために、私がまずあっさりと放棄したのは、内々のしきたりの部分だった。私の育った家では一月一日から、大みそかの年越そばまで、始終しきたりがあったが、私はそれにあまり心を惹かれたことがなかった。しきたりによって食べさせられるものは、七草や小豆がゆにせよ、お月見団子にせよ、おいしいと思ったものがなかったからだった。

最期まで思いやりと感謝を続けられる人

もし最期まで、他者に対する思いやりと感謝を続けられる病人であり死者であれたら、こんなにすばらしいことはない。俗世でどんな出世を遂げるよりも成功者だ。

老年のユーモアは、最高にすばらしい

老年にユーモラスでいられたら、最高にすばらしい、と思う。ユーモアというものは、客観性と、創造力（想像力でもいい）と、寛容の精神なくしては、見られないものだから、これがある間は、まだいくつであっても立派に「人間をやっている」のである。

辛くても少々嘘くらいつき、明るい顔をする

子供は正直がいい、という。もちろんくだらない嘘はつかないことだ。しかし少し大きくなったら、自分を表現することに関しては、少々の嘘くらいつけて、明るい顔ができなくては困るのである。

まだぼけないうちに、高齢者には高齢を生きる技術として、他者の存在に深く配慮できる人であり続けるような老人学も教えた方がいいだろう。

とにかく老人は隠居だけしていればいいのではない。老人にも任務がある。心の内面や肉体には影も苦痛も出るかもしれないが、無理をしても明るく感謝を続けることだと教えなければ、今の高齢者の尊厳は否応《いやおう》なく失われる。

「ありがとう」が言えれば、老人ではない

もしその人が最低限、感謝の心をもち、身のまわりの人すべてに「ありがとう」と言うことさえできれば、それは看護をする人々に喜びを与えるから、彼は立派に成年であって老人ではない。

第六章

自己否定の感情から逃れたいとき

植物の生き方に
学びながら、
負の感情を自分流の
いい味に変化させる。

辛い目にあいそうになったら逃げてもいい

辛い目にあいそうになったら、まず嵐を避ける。縮こまり、逃げまどい、顔を伏せ、聞こえないふりや眠ったふりをし、言葉を濁す。

このように卑怯に逃げまくる姿勢と、正面切って問題にぶつかる勇気と、両方がないと人生は自然に生きられない、と私は思うようになったのである。

いつまでも逃げ続けていても根本解決はしない

逃げることを知らない人は、勇敢でいいようだが、どこか人間的でない。うちひしがれることを自分に許せない人は、外からみてもこちこちな感じがして近寄りにくい。

同様にいつまでも逃げている人は、決してことを根本から解決することもできない。

人を殺さず、自殺しなければ、それだけで人生は大成功

私は時々、若い人たちを相手の講演の時、誰でもが必ずなれる「人生の成功者」になる秘訣と、私も成功者だという話をしてきた。難しいことではない。人生で一人も人を殺さず、自分も自殺しなければ、それだけで大成功だ、ということである。

私は中年に鬱病だったから自殺願望があったし、約五十年以上、運転もしたから、事故で人を傷つける可能性はいつもあった。しかし私は足の悪い母を気軽に外出させるためと、中年以後はアフリカなどへ行っていたので、自分が運転の技術を持つ必要を感じていた。七十歳代のいつだったか、大事故なしに運転をやめると決めた日の嬉しさを、私は忘れられない。これで私の人生の半分くらいは大成功だったと確信できたのだ。

「火宅」の家で育ち、個性ができた

幼い頃から両親が不和でしたから、うちは「火《か》宅《たく》」でした。家へ帰っても緊張していますから、休んだという気分にならなかった。だからさぞかし根性が曲がったと思いますけど、そのおかげで小説と対峙できるくらいの個性はできたんです。現世を忘れるために小説を読みふけったところがありますね。

父を瞬間的に殺そうと思ったことがある

父はそれでも自分の心が収まらなくなると、暴力も振るった。母を殴り、母の着物を裂いた。眼の前の食卓にあるものをすべてひっくり返した。（中略）

私は何度か父を瞬間的に殺そうと思ったことがある。母を救うためであった。それくらいなら、母と私がうちを捨てて逃げればいいのに、その時、どうしてそう思えなかったのだろう。しかし当時、子持ちの女が、すぐ職を見つけて働く場所などたやすく見つからない時代だったから、私たち親子は、父のところでしか生きる場がなかったのだろう。

ほんの少しの差が自分では動かせない運につながる

死というもの、殺されるということはどういうことか。戦争では五十センチ右に立っていた人が撃たれて殺され、五十センチ左に立っていた人が生き延びる。そこに理由はない。ほんの少しの差が自分では動かせない運につながると知れば謙虚になります。

私たちは、生の実験に参加している

考えてみれば、死ぬのも大変なら、生きるのも大変なのである。人間として生を受けることを、私たちは自ら望んだのでもないが、受けた恩恵には誠実に報いるべきであろう。生まれたことを恩恵と思わない人もいるだろうが、人間として生涯を送るという体験は、なまなかなものではない。私たちはその生の実験に参加する資格を、無償で与えられたのである。

私怨は胸のうちにおいて発酵させ、いい味に変える

　私怨にはさまざまな種類がある。人種的に受けた差別、貧困、病気、戦乱の被害、家族的な因縁。それらはすべて、ただ不毛な恨みにもなるけれど、それを使おうと思えば個人が生涯生き続ける情熱を支えるほどの力にもなる。

　私は若い時から、政治的な行動を一切しなかった。いいか悪いかは知らないが、それが私の性格だった。外に向かって自分の受けた不当な歴史をアピールしようとするよりも、じっとその思いを胸のうちにおいて発酵させ、いい味に変えてそれを自分の仕事に使おうとしたのである。

人間は涙から覚り、知ることがある

困難や災難や、時には病気が、人間の心を育てるのを、私も幼い時から見て大きくなった。当然のことながら、戦争も、貧困も、病気も、人間の対立も、決してなくならないだろう。しかし人間は、涙の中から覚《さと》り、知ることがある。

不幸や犯した間違いは、未来に役立てる勇気が必要

過去の不幸や道徳的間違いがあった場合、その痕跡を「消す」ことが、平和や徳の証ではないのである。幸運にも手にし得た幸福とともに、降りかかってきた不幸や犯した間違いもまた、個人と社会の一種の精神的財産なのだから、それを長く残して、未来に役立てる勇気が必要だと思っている。

幸福と不幸の量は人生の目安にならない

「それも人生だよ。幸福も人生だよ。幸福の方がいいように見えるけど、僕はそうも思わない。彼は、真剣に誠実に暗く人生を見据えたんだ。どうしてそう明暗を対立させて幸福と不幸の量の目安にするんだ？　彼が見た人生を、尊重してやれよ。それが彼にとっての真実だったんだ。どんな見方をしていても非難しちゃいけない」

日曜日の怠惰は悪徳ではなく美徳

私は日曜日が大好きだ。電話もかからず、静かで昼寝もできる。怠惰は悪徳なのか。
私は美徳のような気もする。

畑仕事が私を絶望から救った

考えてみると、私の畑いじりももう四半世紀を超えたことになる。先日、「わりといい趣味だったわねえ」と言ってくれる人がいたのは、その頃、野菜が高騰していたからだろう。すべて趣味と名のつくものには、溝《どぶ》に捨てるに近い金がかかるのが原則だ。その点畑を作ることは、ほんの少しでも食生活に寄与している。

五十歳近くなるまで、私は土いじりなどに全く関心がなかった。東京に生まれて、戦争中に学校のテニスコートを掘り起こしてサツマイモを植えさせられたが、収穫があったという記憶がない。その失敗の記憶も、私が農耕に無関心になった原因であった。

転機がやってきたのは、五十歳を目前にして、全盲ではないが、読み書きができないほど視力がなくなった時だった。バス停で待っていてもやってきたバスの行き先が読めない。空港のゲートナンバーも確認できない。到着した空港で、預けた自分の荷物が回転台に出てくるのも見分けられない。ここは日本なのだから、毎回日本語で人に聞くか、お頼みすればいいのだ、と思いついてつくづくありがたいと感じたのはこの時である。

植物と人間の共通点

庭の手入れをしながら、私はいつも、古いものは取り除かれ新しい命に譲る、生の継続と繁栄の姿を見ている。すると、「後期高齢者」などという制度や呼び名に腹を立て、「老人に死ねというようなものだ」などと怒ることもなくなるだろう。なぜなら、古い命が若木に譲るのは、当然の仕組みなので、植物は無言で自然にそのルールに従っているのである。

落葉樹の母性、常緑樹のガードマン的存在

その植木屋さんがしみじみ言うの。

「落葉樹っていうのは、下草を育てるんですよね」

って。当たり前のことだけれど、落葉樹って何てすごい機能を持っているんでしょうね。冬、陽射しが少ない時には、木は葉を落として、その下にいる草に充分温かい陽を与えるようにする。そして夏になって厳しい陽射しが、体の小さな草には厳しすぎるように感じられる時には、木は充分に葉を繁らせて、ほんの木漏れ日程度しか当たらないようにしてやっているの。こういうことを、人間が何も命じなくても、木が一人で見計らってやっているのよ。よく計算されたサーモスタットの機能みたいね。

私たちもこういうふうに、人を慈《いつく》しみ育てる人でありたいでしょう。これは母性的な事業です。

しかし常緑樹を悪く言うこともありません。落葉樹に頼っていると、冬の間、私の

部屋は外から丸見えになってしまいます。しかし常緑樹なら、光や視線や、時には音からさえ、頑強に抵抗して、我々を守ってくれる。こういうガードマンみたいな存在も、ありがたいものねえ。

花を見たことがない木の運命

待ちに待った連休。三浦半島三戸《みと》浜《はま》の家で畑仕事。毎年四月の「農繁期」に必ず障害者の方たちとイタリアとイスラエルへ出かけるので、畑仕事がいつも遅れてしまう。季節感もその間だけ欠落して、毎年秋にチューリップの球根を植えるのだが、咲き揃った花をまともに見たことがない。

他にも数本、花を見たことがない木がある。このまま死ぬと少し残念だと思うだろうか、と考えてみたが、人間は基本的に必ず思いを残して死ぬものだ、と思っているから、特に残念でもない。

パンジーと撫子の苗をたくさん植える道楽

午前中に、オーダーしてあったパンジーと撫子《なでしこ》の苗が着いた。私は三戸浜の家の庭に春の花を植えるのが目下の道楽。たくさん植えるから高い苗は買わない。種苗会社が作った小さな苗を六百本くらい買う。一本三十円ちょっと。東京と三戸浜の家が花だらけになり、人にも分けられる。

バオバブが巨木になるまでは生きていない

私が鉢に蒔《ま》いた種は律儀に芽を吹いた。高さも五十センチくらいになり、私はそれを地植えするにあたって友達に心配を訴えた。大きくなった時のことを考えると、一本のバオバブに軽く三百平方メートルくらいの土地を取られると思わなければならない。その空間を確保するのが大変だ、というわけである。しかし彼はごくあっさりと解決してくれた。

「大丈夫ですよ。バオバブが大きくなるまでソノさんは生きていないから、考えることはないんですよ」

その通りであった。私はよく死を考えるたちであったが、バオバブが巨木になるまでは決して生きない。人間が植物を育てる、という自分を上位に置いた発想は、こうしてはっきりと拒否されるのである。

水耕栽培で新しい香草を育てる

私はガーデニングの愛好者で、今日も窓辺で小さなモヤシのようなものを育てている。うまく水耕で育てば、サラダの香りづけに使おうというのが夢だ。スーパーで売っていたこの新しい香草は、今まで見たことのない種類である。しかし根つきで売っていたので、私は水耕栽培で増やすのが目的で買ってきたのだ。

シクラメンは、私と同じくらい単純

シクラメンは、扱いが楽な花である。植物の中には胃腸の弱いものがあって、水が多すぎてもだめ、肥料を遣りすぎてもだめ、という気難しいのがある。しかしシクラメンというヒトは、私と同じくらい単純だ。毎日たっぷり、葉にかけないよう水をやり、五日に一度液肥をどんどん与え、陽によく当てておけば、元気で咲き続ける。ほんとに扱いの楽な子なのである。

スズランと人間との違い

数年前、私は贈られた鉢植えのスズランを三浦半島の木陰に地植えした。スズランはしっかりと着いて、いい花を咲かせた。涼しい北海道に帰りたいでしょうね、ここは暑くてごめんなさい、と時々謝るが、福島から地震の後、東京や他の土地に出てきて仕事にも暮らしにも順調に馴染んだ人には、私はただ「よかったですね」と言うだろう、と思う。

生きる力に富む水菜のおすそわけ

昼過ぎ、三戸浜の家から畑で採れた水菜《みずな》を車に満載して東京へ帰る。水菜は二月が一番おいしい。

こんなに素人でも簡単に作れるものはない。一袋二百円くらいの種を一袋蒔くと、間引いていって大株が何十と採れる。（中略）

今日は海外邦人宣教者活動援助後援会の会合日なので、普段ただ働きをさせられている人たちに、せめてこの水菜を配って「おねぎらい」にしようという魂胆《こんたん》。運営委員たちは私の大学の同輩・後輩が主なのだが、私の母校の校風は徹底して所帯臭い。「何よ、こんな菜っ葉」などと言う人は一人もいないで、皆が明日はこれで豚鍋ができるなどと思ってくれるだろう。

植物の無情さに学ぶべきこと

時々「疲れた」と言う私は、その割には元気である。相変わらず料理。庭の小さな花を切る。三色スミレ、ネコヤナギ、ぼけ、アマリリス、チューリップ。花は強靭だ。季節がくれば何があろうと咲いている。地震も放射性物質も、何も変化を与えない。人間の方に参っている人が多い。もちろん戦争を知らない世代だ。中年には、あれ以来ずっと心が重い、という人もいる。別に知人に被災者がいるというわけでもないのだそうだ。それがシンパシー（同情）というもので、植物の方が無情なのである。

生まれるに時があり、死ぬに時があり

赤カブは適切な時に採らないので実が割れてしまった。何でも適切ということがある。生死もまた同じだろう。旧約聖書の「伝道の書」はそれを「すべてのわざには時

がある」という言葉で言う。

「生まれるに時があり、死ぬに時があり、
植えるに時があり、植えたものを抜くに時があり、
（中略）
愛するに時があり、憎むに時があり」

すばらしい真実である。

庭にいると哲学の本を読んでいる気分になれる

大体、植物というものは、表現が明晰でいい。庭にいると、哲学の本を読んでいるような気がする時があります。哲学の本を読んでいる時のような無限の発見をするから。

第七章

第二の生きがいを見つける方法

迷っている時間は、
それほど残されていない。
やるべきことを整理し、
可能性に賭けてみる。

世間にふれる暮らしはおもしろい

　さて、家に引きこもっているのが心から好きな奥さんは別にして、私は普通に好奇心もある女性たちに対して、実に残酷なことを言わねばならない。それは、毎日おさんどんをして子供を育てていくだけの生活と比べて、世間にふれていく暮らしというものは、比較のしようもなくおもしろいものだ、ということである。これはもしかしたら、禁句なのだろうか。

　いわゆるよき「家庭の妻」でいる人たちへの労りから、家庭にいることこそ幸福という言い方が、人情的に言われ続けてきたのだが、それは、家の中にいなかった者たちが、いっせいに口裏を合わせてつき続けている嘘のような気もしてならない。

恵まれた家庭の妻は、幸福か

私の『残照に立つ』という小説は、「恵まれた」家庭の妻が、人生の残照に立って、「自分は何も生かされてこなかった」と、怨む話である。自分を庇護し続けた夫こそ、この場合、彼女の一生をめちゃめちゃにした張本人だと思うのである。

そう考えれば、無能で女房を働きに出している夫は、実に妻に対して思いがけぬ優しさと幸福を与えていることになる。そんなふうに考え始めると、私は時々、この世のからくりが改めてわからなくなるのである。

人生はあっという間に過ぎる

人生はあっという間に過ぎる。知識だか知恵だかの吸収力のいい青春時代はことに貴重だ。その間に本を読み、実体験をし、家事（つまり人間として生きる技術）を身につけることを母は私に要求したのだろう。

私たちには一日二十四時間しか与えられていない

人間が誰でも、一日の時間として、二十四時間しか与えられていない、というのは皮肉なことだと思う。私たちに与えられているのは、その限られた時間をどういうふうに割り振るかという選択だけなのである。

なぜもっと働かないのだろう

最初から結論めいたことを言ってしまえば、ゲート・ボールができるくらいの体力があるなら、なぜもっと働かないのだろう、と思うのである。

人は何歳になっても自分を鍛え続けて当然であろう。遊びもするが、辛いことも少しは忍び、遊びと働きのバランスをとった生活をする。老人になって引退した後は、遊びだけになる、と考えることが間違った考え方だと私は思っている。

老人といえども、強く生きなければならない

老人といえども、強く生きなければならない。歯を食い縛っても、自分のことは自分ですることが原則である。それは別に虐待されていることでもなければ、惨めなことでもない。それは人間誰にも与えられた共通の運命である。自分で自分のことをするようにしなさい、というのは、当然すぎるほど当然のことであろう。

親切にすることと、甘やかすこととの違い

年寄りに親切にするということはほんとうにきれいな光景だが、それは甘やかすこととは違う。車椅子を少しでも自分で動かせる力のある人には、腕の力が衰えないように自分の車椅子は自分で動かしてもらうべきである。

うかうかしているうちに期限切れになる

私は生涯に書かねば、と思っていたテーマのはっきりしている長編を何作か、比較的若いうちに書き上げた。新聞の連載小説の一年分、三百六十五日分を使えばほぼ一千枚の長編になる。それは、ライフワークの作品の一つを書くのに充分な長さなのである。

しかし、それも早く書き上げておかねば、うかうかしているうちに期限切れになることを私は知っていた。

若いうちから、私は生涯の予定を立てる癖があった。おそらく予定通りにはならないだろうと思いながら、それでも予定を立てるのである。

やって初めて、自分の能力を発見する

うまくいくかどうかは、やってみないとわからないけれど、やってみて初めて、自分の能力というものを発見するでしょう。そのチャンスを逃すのは、もったいないことだと思います。自分を卑下することも過信することもなく、自分の持っているものが世間にどう受け入れられるか、ということを楽しんだらどうでしょう。

自分の希望を神に「登録」した時のこと

私は自分の未来に、小説を書くことにしかほとんど希望が見出せなかった時、神に自分の願いを伝えた覚えはある。しかしどうぞ作家にならせてください、と直接に祈ったことはないような気がする。人の病気を治してくださいとか、山で行方不明になった家族が生きて帰ってきますように、ということなら祈ってもいいと私は思ってい

る。しかし、うまく説明できないのだが、作家として生きたいなどと願うことは許されないような感じがしてならなかったのである。ただ私は自分の希望を確かに神に「登録」した覚えはある。それを神はどこかで覚えていてくださった、としか言いようがなかった。書いて暮らすことを許されるにしても、そこには運という名のこの神秘的な部分の手助けが必要だった。

一生を一つのことに捧げたマザー・テレサ

一生を一つのことに捧げるというのは容易なことではない。しかも時々ではなく、ずっと終生、その人たちを生かすことに責任を持つということ。それがほんものだ。マザーは、ノーベル平和賞の受賞パーティーを、お金の無駄遣いだと言って断った人である。ダイアナ妃の華々しい慈善的な行為とは、全く重さが違う。しかもダイアナ妃は、近く普通の人になって、こういう公的な生活から離れることを仄《ほの》めかしていたと言う。離婚後と再婚までの間の心の空白を埋めるための慈善活動だったとも見える。しかし神は「あらゆる人を、その資質に従ってお使いになる」ということを考えれば、ダイアナ妃もマザー・テレサもその職責を果たしたのである。

決意のある人だけが平和のために働く

平和は、スローガンやデモやチャリティー・イベントでは守れない。百円、千円程度を寄付することでもだめだ。平和は、生涯をかけて、命か、全財産を差し出すくらいの決意を持った人だけが、そのために働いているということができる。

作家生活に必要だった「根」の特技

「作家になるにはね、通常三つの才能が要ると言われているんですよ」

それは「温かい脅しの言葉」だったと思うが、もちろん私は初耳であった。

「作家になるには、『ウン、ドン、コン』が要るというんですよ。あなたはそのうちのどれを持っていますか」

つまり運、鈍、根である。

運は、運のいいこと。何をしても運が悪いと自覚している人は、多分作家にもなれない。鈍は、適当に頭が悪いこと。根は根気強さ。

作家などというものは、長い年月、愛した人を怨んだり、病気をしたり、愛し続けたり、自分の作品を評価しない世間に憎悪を抱いたりするものだから、とにかく根気強くなければいけない。

私は多分（運は知らないが）鈍、根なら自分にはありますと答えたのだと思う。

小説家とブロック塀を積む職人は似ている

いつか小説家の仕事というのは何に似ているかと人に聞かれて、考えたらブロック塀を積む人に似ていました。毎日毎日私は四角い枡目《ますめ》を埋めるし、ブロック塀を作る職人さんは、四角いものを積むでしょう。そっくりですね。

体力がなければ、やりたいことはできない

文学者にとって早く死ぬことは、その名声のためにはいいことのように見える。自殺もむしろ名声を高める。健康で長寿でありながら、強烈な文学を残すということの方が、むしろ至難の業《わざ》である。

しかし前にも述べたように私は総じて健康だった。そして自分に体力がなければ、自分が小説を書きながら同居している家族の生活の舵をなんとか取っていくこともできない、と感じていた。それだけでなく、私は長編もいくつか書いたから、長編には体力が要るという素朴な実感もあった。私のピアニストの友人は、六十歳を過ぎてからも、みっちり数時間もの練習をする日には、夕食に分厚なビーフステーキを食べるのだと言う。それほどのことはないが、私も体力に頼っていた。

我が家の高齢者は平均八十七歳でまだ現役

ある日、我が家の屋根の下に住む三人の高齢者の平均年齢を調べたら、八十七歳だった。この三人はしかし三人ともまっとうに、肉体労働によって経済的収入を得ている。つまりまだ現役なのである。ただ椅子に座ってお茶を飲んで、時々居眠りをするような生活はしていない。

情熱があれば、学問は一人で学べる

学問はすべて一人でするものだ。そのことを学びたいという情熱があれば、一人で学べる。要は辛抱だけなのである。

老人は頑張りすぎず、気楽に暮らしたらいい

老人は気楽に暮らしたらいいのである。
盆栽をいじるとか、雑種の犬を息子のようにかわいがるとか、日本中の河川を見に行くとか、することはいくらでもある。しかしもう大きな目標を立てて頑張る年ではない。（中略）
人生の目的には長期的なものと、短期的なものがある。人間はその年齢に合わせて目的を決めなければ、長すぎる服を引きずって転びそうになったり、短すぎる衣服で半裸になったり、どちらにせよみっともないことになりそうな気がするのである。

「ちょっとしたお役に立つ」くらいの気持ちで充分

言うまでもないが、前と同じように働かなければいけない、ということではない。

しかし病後の生活の中でただ暮らすだけでなく、できれば「小さな温かな心」と「ちょっとしたお役に立つ」くらいの気持ちを持つようになれれば、人間として立派な回復を遂げたと言えると私は思っている。

「一日に一つだけ解決」の習慣

私は今、一日に一つだけ気になることを解決するのを習慣にしている。食器棚にこびりついた汚れを取るだけでも「一日一善」で、大目的を達成したようないい気分だ。

適当に欠けるところが、人間の魅力になる

ある人間が魅力があるということは、適当に欠けるところがあるからなのであって、完全なものというのは、物品以外にあり得ないし、あったとしても人間の場合には魅力がないという不思議な結果を生む。しかし、世間は未だにしばしば「完全」とか

「百パーセント」とか誰もが皆、そういう言葉を使いたがる。そしてその瞬間から、それはほんとうのことでなくなりそれと同時にもっと悲しむべき副産物、ユーモアの喪失、をもたらすのである。

人は与える立場でいる限り、自暴自棄になることはない

ペルーでも昔、たった一人の母親が結核で息を引き取るまで傍《かたわ》らで面倒をみていた五歳と二歳くらいの姉弟に会ったことがある。

運転手さんの話を聞きながら思ったのは、その健気《けなげ》な娘は、大きくなってから決してぐれたりしないだろうな、ということだった。人は自分が他人に与える立場にいるという自信を持つ限り、自暴自棄になることはないのである。

分かち合っても減らないもの

今は中年の息子がまだ幼かった時、私は人並みに甘い母親で、

「鯉《こい》のぼり、買ってあげようか？」

と尋ねた。すると幼い息子ははっきりと、「要らない」と断ったのである。私たち母子は、情緒的ではなかったが、凧《たこ》揚げとか綱引きなどは好きで、鯉のぼりもその延長線上にあると感じていた。

どうして要らないのか聞いてみると、よそのうちの鯉のぼりの方がよく見えるからだという。（中略）

しかし考えてみれば、確かに大きな鯉のぼりをよく眺めるには、他家の庭で泳いでいるものを見る方がいい。もし大きな鯉のぼりを我が家に立ててそれを仰ぎ見ていたら、首が痛くなる。

考えてみると、鯉のぼりとか桜とかいうものは、決して狭量ではない。所有者だけに雄姿・麗姿を見せて、他人の目には見えないようにしているものではないところがいい。

生涯の完成の可能性に賭けて人は生かすべき

人生を見抜きその価値に対して答えを得るのは、その人の人生の中でほんの数分かもしれない。フランクルも、強制収容所の中で死に瀕しながら、中庭に生える一本のカスタニエンの花が咲くのを見られたことで、生の最後に或る納得と発見に到達したと思われる、一人の女流作家のことに触れている。

生を完成する過程は神秘に包まれている。人生が簡単に推し量れないものであることを、私は信仰からも教育からも徹底して習った。だからたった一日のためにでも、その人の生涯の完成の可能性に賭けて人は生かすべきなのである。

第八章

孤独を寂しいと感じるとき

世間に付和雷同する
必要はない。
猫と暮らし、本を読んで
空想と遊ぶのもいい。

寂しさは老人にとって共通の運命

寂しさは、老人にとって共通の運命であり、最大の苦痛であろう。皮肉なことに、老いてなお、子供が独立していなかったり、金銭の苦労があったりする人は、この寂しさという苦しみを免除されている。寂しさは一応、恵まれた老人に課された、独特の税金だと言ってもいいかもしれない。

孤独に強い人間になる

一人で遊べる習慣をつくることである。

年をとると、友人も一人一人減っていく。いても、どこか体が悪くなったりして、ともに遊べる人は減ってしまう。誰はいなくとも、ある日、見知らぬ町を一人で見に行くような孤独に強い人間になっていなければならない。

男女問わず一人でできた方がいい

いつ頃からか私にはわからないが、私は男と同じような行動の能力をつけたいと思うようになった。現実の私は生まれつきのひどい近視と（外面的には一見そう見えなくても）やや内向的な性格を持っていたので、スポーツもダンスも何一つうまくなかった。しかし人間というものは、可能ならすべてのことができた方がいいという原則だけは疑ったことがなかった。

それには基本的な順序がある。歩けること、自転車に乗れること、泳げること、穴を掘れること、洗濯、料理、掃除などの基本ができること総てであった。

それらができた方がいいことは男でも女でも同じである。男だから炊事ができなくていいこともなく、女だから電気のヒューズを取り換えられないで当たり前ということもない。

静寂の中から知恵の声がする

今、私には静寂の中で聞こえるものを聞いて過ごしたいという気持ちが強くなった。でもそれは都会が煩わしすぎるから、とか、静寂や沈黙の中だと何かいいことを思いつく、というような高級な動機からではありません。

しかしどうしてか、静かさの中だと、どこかから「知恵」の声がするような気がするのです。

世間に付和雷同する心理

世間には大した理由もなくその人を他人が認めたとなると、自分も認めようとする動きがある。それは私たちの持つ共通の弱さであって、誰か一人がいいと言ったのに、自分がそれを立派だと思えないのは、つまりは自分に目がないからだ、と不安になるので、ついつい付和雷同するのである。

縛られたくないが、縛られたいという欲求

社会は、あれほど自由を、人権を、と叫びながら、自分自らを縛る方向へと持っていきたがる。人間は誰もが縛られたくない、と言うが、実は縛られることに対する強烈な欲求もあるのである。学生たちは、学校が服装の規制をすることにともすれば反対したがるが、その反面、制服のような紋付の羽織を着たがる妻になるのである。

人間にたがをはめられてはかなわない

作家は平和を願うものだ。
作家は人道に徹するものだ。
作家は悪を憎むものだ。

作家は独裁を嫌悪するものだ。
作家は労働者の味方であるべきだ。
作家は貧困な人の立場に立つべきだ。
作家は弱者の友であるべきだ。

どんなことにせよ、人間にたがをはめられてはかなわない。作家が偶然に、自然に、上記の条件のいくつかを、或いはすべてを備えていることはままあることだろう。しかしそんなことは、小説家の資質とはほとんど何の関係もない。

老人同士なら、対等に付き合うことができる

老人にとって、ほんとうに相手になれるのは老人しかない。老人同士なら、どちらがどちらの相手をするということもなく対等に付き合うことができる。自然に与えられたそのような温和な人間関係を、最大限に使い切る心持ちになれないものだろうか。

夫の死後、我が家に来た二匹の猫たち

夫が亡くなって一年経った今、私の家にどういう変化が残されたか、としきりに訊いてくださる方がいる。（中略）

大きな変化といえば、我が家に猫がいるようになったことである。夫は決して動物嫌いではなかった。しかし今、家の中で大きな顔をして家族のように暮らしている二匹の猫たちを見たら驚くとともに喜ぶだろう。どうして夫の生前に猫を飼わなかったのだろうと思う。

お世話をする意識が生活リズムを整える

一人暮らしにはペットは大切だと思うようになった。私は最近体力がなくなって、一人でいると朝いつまでも寝床にいたいと思うこともある。しかし猫のためにどうし

ても起き上がって、ご飯をやり、飲み水を取り換え、ウンチ箱をきれいにしなければならない。

与えねばならない仕事があるということは幸せなことだ。それがないと「自分がしてもらう」だけの立場になり、運動能力、配慮、身の処し方、すべてが衰えてくるだろう。

猫に人肌のぬくもりを感じる時

動物が時々一家の中で、運命共同体になるというのは、あの体温によるものだ、ということを私は知った。亀もトカゲもかわいいだろうが、抱いて温かいという感覚はない。しかし猫にはある。そして子猫もまた人肌のぬくもりを欲しているように見える。この肌の温かさというものが、人を助ける場合も基本的な要素になるだろう。食料の援助だけしていても、ほんとうの目的は達せられないような気がする時もある。

飼うならペットの生命に責任を持つ

生きものを飼うというのは、容易なことではない。それは生命に対しても責任を持つ、ということである。枯らしてしまってもいい鉢植、殺してしまってもいい小鳥などという概念は、それらの行為とは結びつかないものである。

老いて、一人暮らしをすると、愛情をかけるものが欲しくなるのは当然である。花壇を作ったり、犬を飼ったりしている老人は、心身ともに若いことが多い。しかし、自分の体力がそれを維持できなくなったら、諦めるほかはない。若い世代からみれば、老人の面倒をみるのさえ一仕事なのに、犬や植木までなんて、ということになるのである。

他人に理解されないことを納得するには

自分の気持ちが他人にわかるわけがないということは、昔は体験と読書で学んだ。深く付き合った友人や、大勢の兄弟姉妹の間では、理解されることもあったが、ひどい誤解を受けることも多かった。昔は誰でも少しは哲学や文学の本を読んだ。その読書からも、理解されないことの普遍性を学んだのである。しかし今の人たちはほとんど本を読まないから、そういう認識もできにくいのかもしれない。

船内でひたすら本を読む九十五歳の女性

船室の机の高さが高すぎるので、私はよく図書室に行って読み書きをしていた。するとそこに派手なお化粧をして白地にピンクの模様のリゾートウエアを、ふんわりと着た老女がいた。「上陸してバスツアーにいらっしゃらないんですか？」と聞いてみると、

「私はそういうツアーには一切行かないの。私は船内で本を読むだけ」

と言う。

「ダンスはなさるんでしょう」

と聞くと、

「いいえ、私は踊らないわ。私はもう九十五歳なのよ。誰が九十五歳の女と踊ってくれる？」

と明るい声で言う。

私も寄港地でのバスツアーには一切参加しない。旅に出る前にヘルペスにかかって、まだ体力が充分でないからだ。しかし船客の中には、シンガポールのようなおもしろい土地でさえも上陸しない人がけっこういるという。彼らはただひたすら船に乗って、人生の最後の部分をどう生きるか模索しているのかもしれない。

シェークスピアを全巻読みつくして死にたい

私は今でも、死ぬまでにシェークスピアを全巻読み尽くして死にたいと思っている。何歳で成就するかわからないが、死ぬまでかかればいいのだから、楽しい限りである。

まだ若い、挫折を知らなかった年には、シェークスピアの作品の中の何気ない言葉の端々に含まれる味など、わからなくて当然である。このおもしろさがわかるのは、老年の特権だ。

キケロの著作に感じたこと

旅行から帰ってこの暑いのに、たまたま必要があってキケロを読んだ。『法律について』の中でキケロは次のように言っている。

「われわれも、生まれた町と、市民権を与えてくれた町の両方を、祖国と考えている。が、われわれからいっそうの愛情を受けるのは、後者の意味における祖国、すなわち、国家という名を市民全体の共有物にさせるという意味での祖国でなければならない。この祖国のためにこそ、われわれは生命《いのち》を捨て、全身全霊をささげねばならず、また、われわれの持つ一切をそこに託し、いわば『奉献』しなければならないのだ」

俗物の存在がなければ超俗を語れない、という真実がキケロを読んでいる間中楽しく思い出されたが、紀元前四三年に六十三歳でアントニウスに殺されたというキケロが書いたことは、現代のアメリカで語られている理想と、それほど大きく違ってはいない。しかし日本では「国家にわれわれの持つ一切をそこに託し『奉献』する」などと言えば、今時、精神異常者扱いにされかねない。キケロの著作も今日の日本では精神異常なのだ。

だから夏はさらに暑く感じられるのだが……私は夏が嫌いではないのである。

シュバイツァーにみる善悪の論理

アフリカに行くようになってから、私はシュバイツァーの著作に新たな魅力を見出していた。こういう話をシュバイツァーは書いている。或る時ランバレネの病院の敷地内で、博士は一軒の古い建物を取り壊すことになる。患者の中には症状が軽くて少しは働けるので、入院料を軽労働で払う制度を利用している人々がいた。シュバイツァーは彼らに、その建物はシロアリが喰っているので、廃材をその辺に放置しておくとまた別の建物を喰うようになる、だから廃材は川に持って行って棄てるように言いつけてその場を離れた。しかししばらくして博士が現場に戻って見ると、古い建材はその辺に棄ててあった。シュバイツァーが患者を叱ると、彼らはこう言い棄てたのである。

「それは、我々を見張っていなかったあんたが悪いんでさぁ。あんたがちゃんと見張っていたら、我々は言われた通り川に棄てたですよ」

このエピソードに登場するアフリカの論理は、今でもそのままだ。登場人物たちは、善と悪について論争しているが、それは全く違った土壌でものを言っているのである。

一日寝床で読書もいい

今の人たちは「家にいるように」と言われると何をしたらいいのかわからないようだ。一番手軽な時間つぶしは、本を読むことだ。

私の作った家庭はだらしなく、私は夏など風通しのいい場所に寝転がって本を読んでいた。自分が幼い頃風邪をひいて一日学校を休んで寝ていることになると、「風邪をひいたご褒美」をもらえた。読みたい本を一冊買ってもらえるのである。それだけで、私は大きな得をしたような気分になった。本は何でもいいのである。一日寝床の中で江戸川乱歩の推理小説を読めるなら、風邪をひくとは何といいことだろう、と本気で思っていた。

ネット漬けを脱し、本を読めば辛抱が身につく

最近、日に何時間もインターネットをやらないと気が済まないという一種の中毒患者が増えていますが、バーチャル・リアリティに頼っていると、どんどん実生活から離れていくんですね。

私が「本を読みなさい」と言うのは、それを防ぐためでもあります。読書も直接体験ではないのですが、不思議なことに、文字を体験化するというのは、非常に難しいことなんです。その操作の中で自然に辛抱も身につき、哲学も残る。

第九章

病気や死に惑わされないために

病気や死は
避けられないことを受け入れる。
よき記憶を思い出し、
人生の醍醐味を味わいたい。

「晩年」という言葉の詩的な静けさと優雅さ

私が好きな言葉は「晩年」である。晩年は何歳でもあり得るし、ある詩的な静けさと優雅さを感じさせる。私は今、晩年の初めにいると思っている。私は死を思わぬ日は一日もないが、過去の話ばかりするようなことは全くない。私はまだ、今日と未来の真只中《まっただなか》にいる。しかし揺ぎなく晩年である。

まったく何のいいこともなかった、という人はまれ

私には何のいいこともなかった、と言う人もいるかもしれない。しかし、この世で、まったく何のいいこともなかったという人はまれなのである。

どのような境遇の中でも、心を開けば必ず何かしら感動することはある。それを丹念に拾い上げ、味わい、そして多くを望まなければ、これを味わっただけでまあ、生

まれないよりはましだった、と思えるものである。

家の人に体の不調だけ訴え続けるのは不遜

医者へも行かず、家の人に体の不調だけを訴え続けるようなことは、老人であろうがなかろうが、人間としての生き方からみても不遜である。

高齢期の病気のよさは、人生の自由な時間を稼げること

高齢者の多くの病気のよさは「治らない」ということだ。だから薬も病院に通う必要もなく、すぐ死ぬこともない。その間に、人生の自由な時間を稼げる、というか、遊べる。

一人の人間が生涯を終えることは大事業

一人の人間が生涯を終えることは、当人にとっても周囲の人間にとっても大事業で、無我夢中だから、どうにかやれるようなものだが、どこの家でもへとへとになる。

よく馴れた空気の中で、生を終えるということ

三人の親たちを入院させなかった最大の理由は、皆が入院をひどく嫌がったからである。それに、夫も私自身も死ぬ時は、もしできれば日常性の中で最期の時を迎えるのがいいような気がしていた。誰でも自分の家にいる時はすべてのものに馴染んでいる。箪笥もテーブルも見慣れた位置にあり、物音でさえ聞き馴れたものだ。嫁が孫を叱る声、飼っている犬が鎖を鳴らす音、たてつけの悪い戸がぎいぎい鳴る音。すべてが日常の音なのだ。

匂いも安らぎの種になる。大根を煮る匂い。窓の外の梅の香り。ストーブの石油の匂い。

そのよく馴れた空気の中で、或る日ごく自然に命じられた生を終わる。私はそういう一生が好きだ。

葬儀は小さく、人並みか人並み以下がいい

私は精神的な面では妥協する必要はないが、実生活上の小さなことは、人並みでたくさんだと思い込んでいる。いやもっとはっきり言えば、冠婚葬祭は、金銭的には、人並み以下にするのが好みとしては好きである。

家族の死後、ほんとうに手助けしてくれる人

遺族がほんとうに力を貸してほしいと思うのは、ずっと後になってからである。言

いようのない空白、経済的な危機、それらをどのようにして解決するかという時に、もしほんとうに手助けしてくれる相手なら、どんなにありがたいだろう。しかしそういう時には、葬式の時にやってきて、他人の家の内情を覗き、退屈を紛らわし、タダ酒を飲んだ人々は、まず助けにならない。

孤独死はほんとうに無残なのか

孤独死にいたる老人には、それぞれの歴史がある。中には子供好きで妻にも優しかったのに、どうしてか家族に恵まれなかった人もいただろう。（中略）

しかし世間には煩《わずら》わしい人間関係を拒んだ人もいるのだ。煩《うるさ》い親戚を避けようとしたり、好きな博打を禁じられるのが嫌だったり、妻や娘に疎《うと》んじられると自分は彼らの目の前から消えてやった方がいいと考えたりする。

その他、とにかく人と会ったり話したりするのが面倒だという人もいるし、一カ所に定住するのに耐えられない強固な放浪癖を持つ人もいる。あまり実生活の能力がなさすぎると誰もが一緒に住むのを嫌がり、気がついたら一人だったというケースもあるだろう。

自分から望んでそうなった人と、結果として一人になってしまった人とがいる。しかしとにかく一人でも、その人たちは生きてきたのだし、一人でしか生きられないような性格や、生理を持った人というものは、間違いなくいる。その人たちの人生の細部の幸不幸を外部が判断することはできない。ただ客観的に言えることは、どうにか飢え死にもせず、一定の年まで生きてきたという事実は、それだけでも、世界的なレベルではいい方だ、ということだ。

したくても、できないことがあるのが現実

多くの人が、人生の最後は自分の家で死にたい、と思っている。しかしまた同時に多くの人が、それはおそらく不可能なことだろう、と諦めている。痛みのある人もあるだろうし、排泄の難しさをどう和《やわ》らげたらいいかわからない。痛みと排泄の問題は、

まったなしに毎日続く。褥瘡《じょくそう》を取るためにも、できる限りお風呂に入れてあげたいが、老老介護などでは、到底病人を浴室に連れて行く力もない。

したくてもできないことというものが現世にはれっきとしてあり、それは普遍的な現実で、さして同情することでもなく、皆が受諾してきた運命なのだが、最近の世論はその人の希望を叶えられないのは大きな悲劇だと言うようになった。

一人暮らし介護の排泄をどう解決するか

人間、一人で死ぬことは別に気の毒でもないし、死ねれば楽なのだが、社会にとっても個人にとっても問題なのは人間がなかなか死ねないことなのである。高齢な病人が、一人で暮らす時期が長く続くこともあるという覚悟が要る。

その時期、問題になるのは食べることではなく、排泄をどう解決するかということに尽きる。食事は一種の「給餌《きゅうじ》」だから、時間を限って誰かが寝たきり老人の枕もとに運ぶ体制を作れば、さして困難なことではない。しかし排泄は「時間と所かまわず」の面がある。定時に見回れば、それで解決する問題ではないのである。

一人で死ぬという人は、自分の行動が不自由になった時、汚物まみれで臭気を放ちながら生きていく覚悟ができているのだろうか。我が家の高齢者は、まだ一人でトイレに行けるからいいのだが、転んで手が不自由になっているから、食事の時よく服を汚す。しかし自分で洗濯物を洗う力はない。

自分がどのような死に方をしても、文句は言えない

もちろん安楽に死なせてもらいたいのはやまやまだが、私の記憶の中には、一生ろくろく満腹したという実感さえなく生涯を終える人がたくさんいることを思うと、自分がどのような死に方をしても、文句は言えないと思っているところがある。

精神性が失われた肉体を、何が何でも生かすべきとは考えない

私という「存在」は、呼吸と脈拍が止まり、脳に血流が及ばない状態、つまり思考も行動も重度に阻害される状態でも続くとは思えない。夫にせよ私にせよ、お互いに相手の存在だと思っているのは、肉体がその人間の精神を大方《おおかた》支配している状態のことをいう。強情っぱりだったり、粗忽《そこつ》だったり、非常識だったりしても、家族はその特徴をそのままその人として認め、笑ったり困ったりさせられながら生きてきた。

そうした生き生きとした精神性が失われた肉体を、何が何でも生かしておきたいと私たちは考えたことがない。それは当人にとって何より残酷だと感じるからである。しかしだからといって有用でない人間はすぐ始末していいということでは全くない。あくまで医学的な「根拠ある目安」に従って判断することが前提である。

生きなければならないのだから、動いてみる

ここのところ、回復期のリハビリについてよく論議が交わされている。保険で受けられるリハビリの限度は、脳卒中なら百五十日以内、骨折なら九十日以内と、決めら

れたのだが、リハビリのためには、退院して自宅で生活するのが一番効くと私は思っている。生きなければならないのだから、当人も必死で動くのである。

骨折してもかわいそうに見えないのがいい

今日はお見舞いの日。日野の私立病院にまず岩橋邦枝さん、それから厚生中央病院に秋山ちえ子さんを訪ねる。私の骨折は足首だが、岩橋さんは大腿骨《だいたいこつ》の付け根をやった。しかもすぐ救急車を頼まず、お嬢さんが英国から帰られるのを待っていた、というので、何という無茶で非科学的、とさんざん悪口を言う。悪口を言っても少しもかわいそうに見えないくらい元気でよかった。実は愛猫をおいて入院するのが心配だったらしい。

秋山さんは肩の骨をぶつけられたそうだが、病室から放送局へ録音に行かれるというので、ここでも私は先輩ぶって「骨折は、うんと働いた方がいいんですよ」などと言う。私の年を聞かれてから、「私の八十代はいい年代だったわ」とおっしゃった言葉が身に染みた。

友人に先立たれる前の心地よい心構え

人にもよるが、友人の死に対しては、意外とショックを受けないように見える年寄りも多い。若い者から見ると、友人が死ぬということは、心の流露《りゅうろ》を受けとめる相手がなくなることで、どんなにか辛いだろう、と思うのだが、老化は、その寂しさをもあまり感じなくてすむようにしてくれるのかもしれない。

友人に先立たれる場合のことは（夫に先立たれることと同様）、常に事前に、繰り返し繰り返し予想することが大切である。そうすると、やってきた運命に対して、心構えができている。いよいよ別れるのだ、と嘆くよりも、何十年か楽しく付き合ってもらって、ありがたかった、と感謝すればいいのである。

人は誰もが多くの思いを残して死んでいい

人生ですべてのことをやり遂げ、会うべき人にも会って死のうなどというのは、思い上がりもいいところで、人は誰もが多くの思いを残して死んでいいのだ。むしろそれが普通なのである。私は強情だったが、運命には従順でありたいと願っている。

年貢の納めどき

年貢の納めどき、という言葉を私は好きだ。人にもものにも、すべて限度がある。しかしそれは、自分で決定すべきで、それが自由人の選択である。他人にあなたはそろそろですよ、と言われることもない。しかしいつまでもしがみついていることもない。

深く絶望して初めて、死ぬ楽しみもできる

年寄りになればなるほど、今よりももっと、深く絶望すればいいのである。決して思い通りにはならなかった一生に絶望し、人間の創《つく》り上げたあらゆる制度の不備に絶望し、人間の知恵の限界に絶望し、あらゆることに深く絶望したいのである。そうなってこそ、初めて、死ぬ楽しみもできるというものである。

冷酷な息子が会いにきた

ある時、老いた母が死の床にいた。息子はもう長い年月、会いにもこなければ、電話一本もかけてこない。こういう不思議な子供が、最近の世間にはうんと増えている。

（中略）

しかし最後の数日に、思いもかけない救いが現れる。病人の幻覚の中で、冷酷な息

子が会いにきたのだ。孫を連れて……。その人の娘が、私に打ち明けてくれた話だ。これこそ幻の「断層現象」なのである。

「兄が母の見舞いになど来るはずはないんです。私たちは兄の正確な住所さえ知らないんですから。でも母は兄が会いにきてくれた、と言い張って亡くなりました」

親に冷たかった兄は、娘にとってはいまいましい存在なのだ。それなのに母が精神的な錯乱状態の中で、兄をいい息子だと思って死んでいったことが許せないのだろう。

しかしそれでいいのだ、とこのごろ私は思うようになった。その錯覚こそ、私流に言うと神さま仏さまの贈り物なのだ。

死のたった一つのよさは、もはや何事も感じなくなること

死のたった一つのよさは、もはや、何事も感じなくなることであろう。私の骨がどこにどうなっていようと、もはや、何の痛痒《つうよう》も感じないということなのである。

母は死に、自分らしい魂のあり方に戻った

今は忘れかけそうになっているその頃の事情を思い出してみると、一九八三年の二月に私は生涯をともにしてきた母を八十三歳で見送った。もう何年も寝たきりに近い生活だったが、とにかく入院を嫌がった母が自宅で息を引き取り、献眼の希望も叶えられた時、私は母が今日からは肉体という桎梏《しっこく》から離れて、自由に解放された境地を喜んでいるという実感があった。死によって母は、自由で個性的だったもっとも彼女らしい魂のあり方に戻ったように思えた。

出典著作一覧（順不同）

『完本　戒老録』祥伝社
『人は怖くて嘘をつく』扶桑社新書
『自分の財産』扶桑社新書
『夫婦、この不思議な関係』ＰＨＰ研究所
『風通しのいい生き方』新潮新書
『人生の醍醐味』扶桑社新書
『運命は均される』海竜社
『飛んで行く時間は幸福の印』海竜社
『さりげない許しと愛』海竜社
『自分流のすすめ』中央公論新社
『働きたくない者は、食べてはならない』ＷＡＣ
『最高に笑える人生』新潮社
『「受ける」より「与える」ほうが幸いである』大和書房
『すぐばれるようなやり方で変節してしまう人々』小学館
『堕落と文学』新潮社
『狸の幸福』新潮社
『コロナという「非日常」を生きる』ＷＡＣ　ＢＵＮＫＯ
『思い通りにいかないから人生は面白い』三笠書房
『親子、別あり』ＰＨＰ文庫
『人生の旅路』河出書房新社
『ほんとうの話』新潮文庫
『悲しくて明るい場所』光文社文庫
『ギリシアの英雄たち』講談社文庫
『曽野綾子自伝　この世に恋して』ＷＡＣ　ＢＵＮＫＯ
『寂しさの極みの地』中公文庫
『昼寝するお化け』小学館文庫
『ほくそ笑む人々』小学館

曾野綾子（その　あやこ）
一九三一年、東京生まれ。聖心女子大学文学部英文科卒業。七九年、ローマ教皇庁よりヴァチカン有功十字勲章受章。八七年、『湖水誕生』で土木学会著作賞受賞。九三年、恩賜賞・日本芸術院賞受賞。九五年、日本放送協会放送文化賞受賞。九七年、海外邦人宣教者活動援助後援会代表として吉川英治文化賞ならびに読売国際協力賞受賞。二〇〇三年、文化功労者となる。一九九五年から二〇〇五年まで日本財団会長を務める。二〇一二年、菊池寛賞受賞。著書に『無名碑』『神の汚れた手』『天上の青』『夢に殉ず』『哀歌』『アバノの再会』『老いの才覚』『人生の収穫』『人生の原則』『酔狂に生きる』『生身の人間』『不運を幸運に変える力』『靖国で会う、ということ』『夫の後始末』『人生の後片づけ』『介護の流儀』『人生の終わり方も自分流』『「群れない」生き方』『人間の道理』等多数。

老いの道楽

二〇二一年 七 月三〇日　初版発行
二〇二二年 四 月三〇日　2刷発行

著　者　曾野綾子
発行者　小野寺優
発行所　株式会社河出書房新社
〒一五一-〇〇五一
東京都渋谷区千駄ヶ谷二-三二-二
電話　〇三-三四〇四-一二〇一（営業）
　　　〇三-三四〇四-八六一一（編集）
https://www.kawade.co.jp/

印刷・製本　中央精版印刷株式会社

Printed in Japan　ISBN978-4-309-02973-3

河出書房新社・曾野綾子の本

人生の収穫

老いてこそ、人生は輝く——。自分流に不器用に生き、失敗を楽しむ才覚を身につけ、老年だからこそ冒険し、どんなことでもおもしろがる。世間の常識にとらわれない生き方。

河出文庫

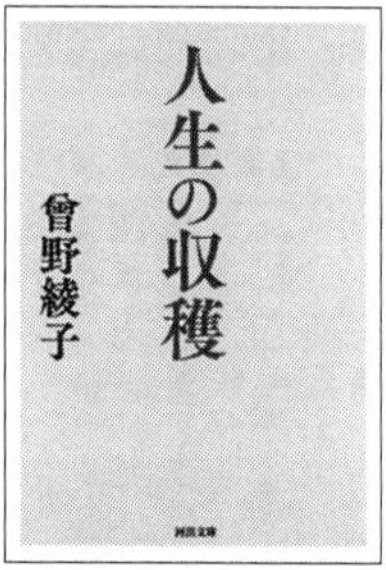

人生の原則

人間は平等ではない。運命も公平ではない。だから人生はおもしろい。自分は自分としてしか生きられない。独自の道を見極めてこそ、日々は輝く。生き方の基本を記す38篇。

河出文庫